T0178952

*Fóllame*

# *Fóllame*

## VIRGINIE DESPENTES

Traducción de Isabelle Bordallo

LITERATURA RANDOM HOUSE

Fóllame

Título original: *Baise-moi*

Primera edición en España: enero, 2019
Primera edición en México: septiembre, 2019

D. R. © 1993, Florent Massot
D. R. © 1999, Virginie Despentes y les Éditions Grasset & Fasquelle
Casanovas & Lynch Literary Agency, S.L.

D. R. © 2019, Penguin Random House Grupo Editorial, S. A. U.
Travessera de Gràcia, 47-49, 08021, Barcelona

D. R. © 2019, derechos de edición mundiales en lengua castellana:
Penguin Random House Grupo Editorial, S. A. de C. V.
Blvd. Miguel de Cervantes Saavedra núm. 301, 1er piso,
colonia Granada, delegación Miguel Hidalgo, C. P. 11520,
Ciudad de México

www.megustaleer.mx

D. R. © Isabelle Bordallo, por la traducción

ISBN: 978-607-318-398-7

Impreso en México – *Printed in Mexico*

El papel utilizado para la impresión de este libro ha sido fabricado a partir de madera
procedente de bosques y plantaciones gestionadas con los más altos estándares ambientales,
garantizando una explotación de los recursos sostenible con el medio ambiente y beneficiosa para las personas.

Penguin
Random House
Grupo Editorial

# PRIMERA PARTE

Mas porque eres tibio, y no frío ni caliente, te vomitaré de mi boca.

FIÓDOR MIJÁILOVICH D.


Me dijo mi madre que había nacido para amar. El sexo es lo único que conozco y ni siquiera todos los días.

SALE DÉF.

# 1

Sentada con las piernas cruzadas frente a la pantalla, Nadine aprieta el botón de avance rápido para saltarse los créditos. Es un vídeo antiguo sin mando a distancia.

En la pantalla, una enorme rubia atada a una rueda, cabeza abajo. Primer plano sobre su cara enrojecida, suda profusamente bajo el maquillaje. Un tipo con gafas la masturba enérgicamente con el mango de su látigo. La llama gorda perra lúbrica, ella cloquea.

Todos los actores de la película tienen cara de tenderos de barrio. Es el encanto desconcertante de cierto cine alemán.

Una voz en off de mujer ruge: «Y ahora, guarra, mea como tú sabes». La orina brota en alegres fuegos de artificio. El hombre aprovecha la voz en off para precipitarse con avidez sobre el chorro. Lanza rápidas y húmedas ojeadas hacia la cámara, se deleita con la meada y se exhibe con ganas.

Escena siguiente, la misma chica a cuatro patas abre cuidadosamente los dos globos blancos de su culazo. Un tipo parecido al primero se la mete en silencio.

La rubia tiene maneras de joven protagonista. Se relame golosamente los labios, frunce la nariz y jadea delicadamente. Nódulos de celulitis se mueven en la parte superior de sus muslos. Unas gotas de baba le resbalan por la barbilla y se vislumbran los granos bajo el maquillaje. Una actitud de jovencita en un cuerpo viejo y flácido.

A fuerza de mover el culo lo mejor que sabe, consigue hacer olvidar su barriga, sus estrías y su asquerosa cara. Todo un *tour de force*. Nadine enciende un pitillo sin quitar el ojo de la pantalla. Está impresionada.

Cambio de decorado, una negra de formas contenidas y subrayadas por un vestido de cuero rojo avanza por el pasillo de un bloque de apartamentos. Un tipo con pasamontañas le cierra el paso y la esposa hábilmente a la barandilla de la escalera. La agarra del pelo y la obliga a chupársela.

Se oye la puerta de la calle, Nadine refunfuña algo como «Esta imbécil no iba a venir a comer». En ese instante, el tipo de la película dice: «Ya verás cómo acabará gustándote mi polla; a todas les gusta».

Séverine grita antes de quitarse la chaqueta:

—Otra vez mirando esas porquerías.

Nadine contesta sin mirarla:

—Llegas en el momento preciso. Al principio no te hubieras enterado de nada, pero esta negra tiene que gustarte incluso a ti.

—Apaga eso ahora mismo, sabes perfectamente que me repugna.

—Además, lo de las esposas siempre funciona, eso me encanta.

—Apaga la tele. Ya.

Es el mismo problema que con los insectos que se acostumbran al insecticida: siempre hay que inventarse algo nuevo para aniquilarlos.

La primera vez que Séverine encontró una cinta porno tirada sobre la mesa del comedor, se quedó tan impactada que ni siquiera protestó. Pero con el tiempo se ha ido endureciendo considerablemente y cada vez hay que esforzarse más para neutralizarla.

En opinión de Nadine, es una auténtica terapia que hay que aprovechar. Poco a poco se le va abriendo el culo.

Entretanto, la negrata le ha cogido gusto al falo del tipo. Lo mordisquea glotonamente al tiempo que exhibe la lengua. El tipo acaba eyaculando en su cara y ella le suplica que se la meta por el culo.

Séverine se planta a su lado, evita escrupulosamente mirar la pantalla y sube el tono a unos agudos histéricos:

—Estás realmente enferma y acabarás poniéndome mala a mí.

Nadine pregunta:

—¿Por qué no te vas a la cocina? Tengo ganas de masturbarme delante de la tele, estoy harta de hacerlo siempre en mi habitación. Aunque si quieres quedarte...

La otra se queda paralizada. Intenta comprender lo que ocurre y buscar una respuesta. Demasiado para ella.

Satisfecha de haberla descolocado, Nadine apaga el vídeo.

—Era broma.

Visiblemente aliviada, Séverine se enfurruña sin convicción y empieza a hablar. Cuenta un montón de chorradas sobre su día en el trabajo y luego va al cuarto de baño para ver qué pinta tiene. Se escruta el cuerpo con una vigilancia belicosa, decidida a constreñir el pelo y la carne a las normas estacionales, cueste lo que cueste. Mascuña:

—¿Ha llamado alguien preguntando por mí?

Se empeña en creer que el tipo que se la cepilló la semana pasada dará señales de vida. Pero el chico no parecía estúpido y es poco probable que lo haga.

Séverine hace todos los días la misma pregunta. Y todos los días se deshace en lamentos airados:

—Nunca me lo habría esperado de él. Estuvimos hablando superbién, no entiendo por qué no llama. Qué asco, cómo me ha utilizado.

Utilizado. Como si su coño fuera demasiado fino para agradecer una buena polla.

Cuando habla de sexo suelta chorradas de ese estilo con pasmosa prodigalidad, un discurso complejo repleto de contradicciones que no asume. En este momento, repite vehementemente «que ella no es una de esas». Para Séverine, la expresión «una de esas» resume a la perfección la peor conducta posible del género humano. Sobre ese punto preciso se la debería tranquilizar: es una gilipollas pretenciosa a más no poder, una egoísta hasta rayar en la sordidez y repulsivamente banal en todo lo que hace. Pero no es una chica fácil. En consecuencia, raras veces se la follan, aunque buena falta le haría.

Nadine la mira de reojo, resignada a su papel de confidente. Sugiere:

—Redacta un contrato para la próxima vez. Para que el tipo se comprometa a hacerte compañía al día siguiente, o a llamarte durante la semana. Si no firma, no te abres.

Séverine necesita algo de tiempo para comprender si debe tomárselo como un ataque, una broma o un sabio consejo. Opta finalmente por una risita delicada. Sutileza afectada de una vulgaridad atroz. Después prosigue sin piedad:

—Lo que no me cuadra es que no es de los que se tiran a cualquiera, si lo fuera yo no le habría dejado la primera vez. Hubo buena química entre nosotros. De hecho, pienso que le doy miedo, no te creas: los tíos siempre tienen miedo de las chicas con una personalidad fuerte.

Le encanta abordar el tema de su «personalidad fuerte». Con la misma facilidad con que habla de su viva inteligencia o su amplia cultura. Enigmas del sistema mental, solo Dios sabe cómo se le metió eso en la cabeza.

Es verdad que cuida su conversación. La pincela de rarezas debidamente acreditadas en el medio en que se mueve. Recurre asimismo a una serie de referencias culturales que escoge como los accesorios de su vestimenta: acorde con el signo de los tiempos, con verdadero talento para parecerse a quien tiene al lado.

Así pues, cultiva su personalidad del mismo modo que mantiene la depilación de su ingle, totalmente consciente de todas las cartas que deben jugarse para seducir a un chico. La meta final es convertirse en la mujer de alguien y, con el empeño que le pone, lo que planea es ser la mujer de alguien decente.

Intuición masculina mediante, los chicos se mantienen a buena distancia del bonsái. Pero ya conseguirá hacerse con uno. Será entonces cuando haga en el cerebro del pobre todas sus necesidades cotidianas.

Nadine se despereza, compadece sinceramente al pobre tipo que se dejará pillar. Se levanta y va por una cerveza. Séverine la sigue a la cocina sin cortar el rollo. Ha acabado con el tema del capullo que no llama, ya lo retomará mañana. Ahora ataca con ardor el inventario de los últimos chismorreos.

Apoyada en la nevera, Nadine la observa masticar su ensalada.

Viven juntas por razones puramente prácticas. Poco a poco, la cohabitación se tornó patológica, pero ninguna puede permitirse vivir sola. Además, la falta de nómina le impide a Nadine demostrar una mínima solvencia. Y Séverine la soporta mejor de lo que parece. En esencia masoquista, le produce cierto placer que la maltraten. Una perversa incapaz de convivir.

Nadine termina su cerveza y remueve el cenicero en busca de una colilla recuperable porque no tiene ganas de bajar al estanco. Encuentra un porro a medio fumar. Más que suficiente para colocarse un poco, y ese hallazgo la pone de buen humor.

Espera pacientemente a que Séverine se vaya a trabajar, le desea educadamente un buen día. Rebusca en su habitación, donde sabe que tiene algo de whisky escondido. Llena un vaso grande y se instala delante de la tele.

Enciende el peta, se esfuerza por retener el humo en sus pulmones. Sube a tope el volumen de la cadena de música y pone el vídeo sin sonido.

*I'm tired of always doing as I'm told, your shit is starting to grow really old, I'm sick of dealing with all your crap, you pushed me too hard now watch me snap.*

Siente la distancia entre ella y el mundo bruscamente apaciguada, nada la inquieta y todo la divierte. Reconoce con alegría los síntomas de un cuelgue infinito.

Se deja deslizar hasta el fondo del sillón, se quita los pantalones y juguetea con la palma por encima del tejido de las bragas. Observa su mano moverse en círculos regulares entre los muslos, acelera el movimiento y proyecta las caderas hacia delante.

Levanta la vista hacia la pantalla, la chica doblada sobre la barandilla sacude la cabeza de un lado para otro y su culo ondula para engullir el sexo del tío.

*There's an emotion in me, there's an emotion in me. Emotion n.° 13 blows my mind away, it blows me away.*

## 2

—¡No puedes quedarte ahí sin hacer nada!

El niño protesta con vehemencia. Triste e indignado de que Manu se resigne tan fácilmente. Vuelve a la carga con tono de reproche:

—Era uno de tus mejores amigos, ha muerto asesinado. Y tú te quedas ahí, sin mover un dedo.

Hasta ahora, se había limitado a un discurso prudente y general sobre la violencia policial, la injusticia, el racismo y los jóvenes que deben reaccionar y organizarse. Por primera vez, la conmina directamente a compartir su indignación.

Habla de los tumultos que el accidente debería provocar con una evidente emoción. Como otros hablan de boxeo, de sexo o de toros. Ciertas palabras clave desencadenan en su interior una película en la que se ve enfrentándose varonilmente a las fuerzas del orden, volcando coches al lado de compañeros muy dignos y decididos. Y esas imágenes lo trastornan. Es un héroe sublime.

Manu no tiene alma de heroína. Ya se ha acostumbrado a llevar una vida gris, a tener el estómago lleno de mierda y a cerrar el pico.

En ella no existe nada estrictamente grandioso. Excepto esa sed insaciable. De jodienda, de cerveza o de whisky, cualquier cosa que pueda aliviarla. Incluso se excede un poco en la apatía y la sordidez. No le importa revolcarse en vómitos. Está en relativa sintonía con el mundo, casi a diario consigue algo para beber y que alguien se la meta.

El niño no se da cuenta de eso, de que la revolución está demasiado lejos de su agujero para interesarla. Además, para exaltarse como él lo hace, se precisa un sentido de la sublimación y del respeto hacia uno mismo del que Manu carece.

Hurga en un cajón en busca de esmalte para las uñas. Lo interrumpe bruscamente:

—¿Quién te has creído que eres para venirme con esas mierdas? ¿Cómo coño se te ocurre darme lecciones? ¿Y cómo sabes que lo han asesinado?

—Lo sabe todo el mundo, tú misma dijiste...

—Yo digo lo que me parece y bebo lo suficiente para que nadie me haga caso. Es más, lo que yo dije fue que colgarse no era su estilo, y tú has traducido que la bofia se lo había cargado. Te aconsejo que no confundas mis chorradas con las tuyas.

Por fin encuentra el frasco del esmalte y lo sujeta firmemente con el puño tendido muy cerca de la nariz del niño. Este se retracta prudentemente, balbucea algo para disculparse, no quería molestarla. En parte, porque no tiene mala idea; en parte, porque la cree capaz de aplastarle la cabeza. No controla la violencia y no esperará un momento políticamente adecuado para desfogarse.

El niño tiene razón en batirse en retirada porque, efectivamente, Manu está a punto de hostiarle.

Ella sabe tan bien como él que Camel no puede haberse colgado solo. Era demasiado orgulloso para ello. Y aunque no se le daba muy bien vivir, encontraba alicientes suficientes para continuar un poco más. Y, sobre todo, Camel no se hubiera suicidado sin degollar antes a media docena de sus contemporáneos. Lo conocía lo bastante para estar segura de ello. Tenían muy buen rollo, salían por ahí juntos y compartían las mismas teorías sobre el modo de pasarlo bien.

Habían descubierto su cadáver el día anterior, colgado en un pasillo. Los últimos en verlo con vida fueron los polis responsables de su libertad condicional. Nunca se sabrá lo que ocurrió realmente. Y el niño tiene razón, es difícil incluso para ella admitirlo sin no hacer nada. Aun así, acabará haciéndolo.

No le gustan las artimañas que despliega el niño para asociarla a su indignación, ni que intente apropiarse de esa muerte en beneficio de sus convicciones. Él siente que ese cadáver le pertenece de pleno derecho, será algo político o no será. Y la desprecia abiertamente por su cobardía. A Manu le parece que tiene la jeta demasiado lisa para permitirse el desprecio, ella podría remediar eso.

Tiene cuidado de abrirse una cerveza antes de empezar a pintarse las uñas. Sabe por experiencia que le entra sed mucho antes de que se le hayan secado. Duda y acaba ofreciéndole una al mocoso para demostrarle que no le guarda rencor. Dentro de poco, se sentirá demasiado destrozada para que esta historia la afecte. Siempre acaba resignándose a la idea de que hay una parte de la población que está condenada; y, por desgracia, ella ha ido a caer a esa parte.

Se pone tanto esmalte en la piel como en las uñas porque la mano siempre le tiembla un poco. Con un poco de suerte eso dará color a las pollas que sacuda…

El niño la mira hacerlo con gesto reprobatorio. El esmalte de uñas no forma parte de lo que él considera justo. Es una marca de sumisión a la presión machista. Pero como Manu pertenece a la categoría de los oprimidos víctimas de la falta de educación, no está obligada a ser éticamente correcta. No la culpa por sus deficiencias, tan solo la compadece.

Ella sopla ruidosamente sobre su mano izquierda antes de empezar con la derecha. El niño le recuerda a una virgen perdida en las duchas de una cárcel de hombres. El mundo a su alrededor lo ultraja con encarnizamiento lúbrico. Está asustado por cuanto le rodea, y el diablo utiliza todos los recursos del vicio para acabar con su pureza.

Llaman a la puerta. Le pide que abra agitando las manos para que se sequen antes. Llega Radouan.

Conoce al niño de vista porque viven en el mismo barrio, pero su presencia en casa de Manu le desconcierta un poco porque nunca se han dirigido la palabra. Los izquierdistas consideran a los árabes unos capullos reaccionarios y estúpidamente religiosos. Para los moros, los izquierdistas son unos indigentes borrachos y en su mayoría homosexuales.

Radouan deduce con delicadeza que Manu se ha ligado al niño para que se la cepille. Algo que no le sorprende de ella. Pregunta si no molesta dirigiendo discretamente a Manu gestos de connivencia obscena. Tan discretamente que el niño se pone violento, enrojece y se agita en la silla. El sexo, otro tema que hay que tomarse en serio.

Manu suelta una risita sarcástica antes de contestar a Radouan:

–Claro que no molestas. Nos hemos encontrado en la tienda y ha subido para hablarme de Camel. ¿Has comido? Queda pasta en la nevera.

Radouan se sirve, como si estuviera en su casa, porque viene tanto por aquí que se siente como en casa. El niño empieza a hablar de nuevo, encantado de tener un nuevo interlocutor.

Repite su denuncia con una inquietante tranquilidad de espíritu. Es nieto de misionero, y se dedica a convertir a los indígenas del barrio a su manera de pensar. Solo quiere lo mejor para ellos, le gustaría poder iluminarlos.

El niño no es muy perspicaz, pero aun así no tarda en comprender que Radouan es aún menos sensible a su discurso que Manu. Profundamente apenado, se retira.

Manu se despide amablemente de él. Lo peor de los gilipollas es que solo son estrictamente antipáticos en las películas. En la vida real, siempre tienen algo de cariñoso, de amable.

Y, en el fondo, el niño no anda equivocado. Solo los polis resultan estrictamente detestables en la vida real.

Se aplica una segunda capa de esmalte sin esperar a que la primera esté seca. Porque tiene otras cosas que hacer. Radouan saca con gesto orgulloso una barrita de costo.

–¿Tienes papel de liar?

—Ahí en la cesta. ¿Ahora le das a los porros?

—¿Qué pasa? Es para ti, un regalo del King Radouan.

—Lo que faltaba. El pobre imbécil de Radouan se ha vuelto camello como su hermano mayor.

—No es asunto tuyo... Tengo mis negocios, todo controlado.

—A mí me la suda. ¿Por eso ahora te disfrazas de duro? Pareces patrocinado por todas las marcas de superlujo del planeta. En el barrio todos hablan de tus negocios, eres tan gilipollas que antes de tener problemas con los polis te visitarán los chicos del barrio...

—Déjalo ya, te digo, tú no te enteras. Fíate de mí y prueba la mierda del King Radouan, la mejor del país y un regalo para ti.

Pega cuidadosamente las dos hojitas de papel. Como no fuma, no tiene costumbre de liar y lo hace con cautela. Moja el cigarrillo a lo largo y lo abre, tal como ha visto hacer a los veteranos. Está feliz porque va bien vestido y porque puede hacerle un regalo a Manu.

Ella está menos contenta porque ha oído cosas sobre él que no le han gustado. Ha metido en líos a gente que ya no está para líos. No sabe qué decirle para hacerle entrar en razón. Tampoco supo qué decirle cuando empezó a traficar. No supo proponerle ningún proyecto excitante para que siguiera por el buen camino. Repite:

—Ve con cuidado y usa un poco el cerebro.

Y le deja que cambie de tema.

# 3

—¿Has visto a Francis últimamente?

—En estos últimos días no...

—Hace tiempo que no da señales de vida. ¿Me pones una cerveza?

Incluso en pleno día el bar está a oscuras. A lo largo de la interminable barra permanece varada una horda variada de asiduos. Caleidoscopio de historias, luces artificiales y algarabía de conversaciones entrecruzadas. Se inclinan los unos sobre los otros, se relacionan por una copa, se ayudan a matar el tiempo hasta que estén lo suficientemente puestos para soportar volver a casa.

Nadine sigue sumida en la bruma de su cuelgue, que la torna perspicaz y sensible a los detalles. La cerveza está fría, vacía su caña en dos tiempos.

Unos estudiantes repasan la lección en la mesa cerca de la puerta. Con sus libros abiertos sobre la mesa, salmodian fórmulas que intentan memorizar.

Al final de la barra, un chico habla con el camarero vigilando discretamente la puerta, no vaya a ser que entre alguna chica sin que él la vea. Las proyecta mentalmente en diferentes posturas, saborea la emoción desencadenada sin interrumpir su discurso. Su mente está condicionada para el sexo como los pulmones para la respiración. Viene con frecuencia y Nadine no se cansa de mirarlo de lejos. ¿Puedes hastiarte de amoralidad?

En un rincón de la sala, un joven encaramado a un taburete juega en una máquina. A su lado una chica observa cómo las formas de color bajan y encajan. Apenas si la ha saludado, tan concentrado está en su partida. Ella intenta hablarle:

—Acabo de ver a la asistenta social. Me ha dicho que deberías ir a verla.

—Déjame en paz, ya te dije que no tengo derecho a nada.

Le ha contestado bruscamente pero sin animosidad. Solo quiere que lo deje tranquilo. Ella vuelve a la carga después de un breve silencio, tenaz pero disculpándose por anticipado:

—En casa tienes correspondencia, ¿quieres que te la traiga?

Es como si no la hubiera oído. Insiste lo más suavemente que puede, porque sabe que no le gusta que lo molesten cuando juega, pero no se puede resistir:

—Hace cinco días que no vienes a dormir. Si ya no quieres que vivamos juntos, no tienes más que decirlo.

Se esfuerza en que no haya reproche ni tristeza en su voz, porque sabe que el reproche y la tristeza lo ponen nervioso. Él suspira ruidosamente para dejarle bien claro que lo está exasperando.

—Ayer me fui de juerga, eso no significa que quiera largarme. Déjame en paz, ¡coño!

La respuesta no tranquiliza a la chica en absoluto. Parece triste pero se calla. Mira la pantalla, las formas de color bajan cada vez más deprisa. Las manos del chico se activan sobre los mandos con una agilidad brutal.

Finalmente, la máquina anuncia «Game over»; la cara de la chica se ilumina.

—Ven, tengo pasta para invitarte a una copa. Hace tiempo que no hablamos.

Hace lo que puede por poner entusiasmo en su voz y ningún tono de súplica, porque sabe que a él le gusta el entusiasmo y que la súplica lo pone nervioso. Él pregunta:

—¿Tienes diez francos?

—Sí, ya te he dicho que te invito. ¿Dónde nos sentamos?

—Pásamelos, que juego otra partida.

Extiende la mano, ella no se atreve a protestar, saca una moneda de su bolsillo. Él la introduce en la máquina y dice:

—No te quedes ahí mirando toda la partida, me desconciertas. Hablaremos esta noche si quieres.

—¿Volverás tarde?

—Y yo qué sé, joder, déjame en paz.

Sabe que esta noche, si vuelve, estará demasiado colocado para hablar. Como mucho, tendrá fuerzas para darle la vuelta y echarle un polvo.

Se sienta sola a una mesa, pide un café. No hay el menor rastro de enfado en su mirada, solo una gran inquietud. Nadine sabe que se quedará hasta que cierren el bar y que, a lo largo de la noche, intentará varias veces llamar torpemente la atención del chico.

Visto lo colocado que va últimamente, será mejor que la chica tenga una buena resistencia al dolor, porque cuanto menos esté con ella, mejor se portará él.

Sin embargo, ella esperará el tiempo que haga falta y soportará lo que haga falta. Con paciencia e intentando por todos los medios no sacarlo de quicio hasta que vuelva.

Un tipo se levanta de su mesa y trastabilla hasta la barra. Es algo pronto para estar en ese estado. Intenta que el camarero le fíe y lo echan.

Entra una morena, los ojos del chico del final de la barra se abren como platos. La chica desencadena en él el gran juego de la emoción. Sale de su indiferencia tranquila, se agita en el taburete, responde al guiño del camarero:

—Qué le vamos a hacer, son todas unas viciosas.

Nadine observa a la chica en cuestión, intenta verla con los ojos de él. ¿Por qué esta y no otra? Tal vez se parezca a la primera muchacha que le dejó pasarle un dedo por la raja. O tal vez tiene la sonrisa de la chica de papel cuya foto manchó a fuerza de machacársela mirándola.

Se le acerca un colega y él le pregunta inocentemente:

—¿Conoces a esa morena de allá?

—Bíblicamente. Una mamona de primera.

—Te creo, pero prefiero comprobarlo por mí mismo. ¿Me la presentas?

Cogen los vasos y van a sentarse a su mesa.

Al lado de la puerta, una mulata de altísimo voltaje sexual aterroriza a dos chicos desde sus altos tacones. Su falda termina justo donde empieza el bajo vientre, revelando unas piernas inacabables, y los chicos no quieren ni imaginar cómo las enrollará en torno a la cintura del que se la trabaje. Los escucha sonriente, con una mano en la cadera, mueve suavemente la pelvis cuando estalla en carcajadas. Aquí la llamada al sexo se conjuga en imperativo e incluye un viaje al infierno. Es una mujer fatal, en el sentido primigenio de la palabra. Todos en el bar conocen historias de chicos que enloquecieron por ella y todos los tíos del bar quieren pasar por su piedra.

Una noche Nadine la vio derrumbarse al final de la calle, entre dos coches, después de pelearse con uno de sus amantes. Lívido, el chico se inclinaba sobre su cuerpo atrozmente crispado, estupefacto ante tanto sufrimiento y aterrorizado por el desenfreno de su rabia. Estaba poseída, quería arrancarse el mal acribillando su vientre a golpes, doblándose sobre sí misma y aullando, devorada por un fuego interno.

Nadine se sintió incómoda por ser testigo involuntario de la escena, y al mismo tiempo ser violentamente atraída por la chica.

—¡Nadine, una llamada para ti! Creo que es Francis.

# 4

El fregadero de la cocina sigue atascado. El agua se corrompe más porque hace mucho calor. Así que Manu apila los platos sucios en el lavamanos del cuarto de baño.

Por una vez, Radouan no ha exagerado: es una mierda de primera.

Echa el cenicero al agua sin vaciarlo. Una película negruzca recubre al instante la superficie. Insulta profusamente al cenicero y da un portazo para no ver más esa porquería.

Tiene que salir a comprar bebida. Busca una chupa que no esté muy manchada en la pila de la ropa sucia. Jura que irá a la lavandería antes del sábado. Mientras se sube la cremallera de una chaqueta que apesta a tabaco, se da cuenta de que hace demasiado calor para llevar chaqueta.

Tiene la impresión de que decidió salir a comprar bebida hace varias horas. El piso se ha transformado en un gigantesco rompecabezas.

Mierda de primera, Radouan le ha dejado un buen pico.

Ya no sabe dónde puso las llaves del piso. Lo revuelve todo de arriba abajo con la esperanza de ponerles la mano encima. Incluso las busca en la nevera, nunca se sabe.

Al final las encuentra en un bolsillo de los vaqueros.

Por fin consigue pisar la calle. El sol le impacta en la jeta como un foco en plena cara. El calor se asienta sobre la acera en espera de la noche. Entorna los ojos, se da cuenta de que se ha olvidado las gafas y pasa de subir a buscarlas.

Mientras camina, cuenta en la palma de la mano el dinero que lleva. Parece que habrá suficiente para comprar dos botellas de cerveza. Le fastidia no haberse llevado los envases.

La distrae de esas consideraciones comprobar que su esmalte no se ha secado como había previsto. Forma un montón de pequeños surcos sobre la uña. No queda mal del todo.

Una chica cruza la calle para saludarla. No tienen gran cosa que decirse pero hace años que viven en el barrio. Los ojos de la chica están anegados en un escupitajo interno, parece aún menos en contacto con la realidad que Manu. Colgada tipo del montón, se sabe a la perfección el horario de apertura de las farmacias del barrio y la lista de psicotrópicos. Rascándose el antebrazo constantemente, le cuesta acabar las frases.

Cuando llegó al barrio, era una bella mujer que había acabado una carrera que nadie la hubiera creído capaz de hacer, y estaba llena de proyectos que decentemente podía pretender culminar. De eso hace ya mucho tiempo, y desde entonces la realidad la ha llamado al orden y al arroyo, aunque ella sigue considerando que lo turbio no es más que un paréntesis en su vida y cuenta con cerrarlo definitivamente. Es la última en creer en sí misma, en que aún puede salir de todo. Manu habla un momento con ella.

Luego sigue su camino, echa un vistazo en el bar de la esquina, a veces hay alguien a quien le apetece ver. El lugar está tapizado con una capa de mugre grasienta. Una corte de los milagros sin brillo, aquí lo fétido no tiene ninguna connotación novelesca.

Sale un tipo del bar y la alcanza un poco más allá.

—¿Has visto a Radouan?

—No. No sé dónde para.

Es su costumbre, como la de todos los vecinos del barrio. No ver nada, no oír nada, que la dejen en paz. El tipo se altera de golpe.

—Joder, pues si lo ves, le dices a ese capullo que está *wanted*, que en cuanto lo encontremos es hombre muerto.

—Yo no vivo con él.

—Pues si ves a ese hijo de puta le dices: «Si te encuentran eres hombre muerto». ¿Queda claro?

—¿Qué ha hecho que sea tan grave? ¿No quiso pagarle el polvo a tu madre?

—Oye, zorra, o me hablas en otro tono o es a ti a quien me cargo, ¿vale? Todos saben que siempre está metido en tu casa, así que no te hagas la lista o es a tu casa adonde iremos, ¿vale?

—Queda clarísimo.

El tipo le habla a dos centímetros de la cara, dispuesto a pegarle una hostia. Ella aprovecha que otro tío se acerca y quiere hablar a solas con él para darse el piro.

Radouan tiene que haberla hecho bien gorda para inflamar tanto los ánimos, aunque por aquí los ánimos siempre están al borde del incendio.

Tendría que habérselo quitado enseguida de encima, no tontear tanto con él. Debería haber intentado hacerle entrar en razón. Se encoge de hombros; después de todo, no es una asistenta social.

Una J7 alquilada está aparcada en la puerta de la tienda. Un grupo de jóvenes la carga con material acústico. Han invadido la acera de amplificadores, piezas de batería, fundas de guitarra. La saludan educadamente, se esfuerzan en resultar accesibles por muy músicos que sean. Aprovechan su presencia para hacer alarde de complicidad, intercambian bromas privadas y se ríen y se soban entre ellos a su paso. Cuentan que van a ir a tocar a unos kilómetros al sur, se los ve contentos.

Uno de ellos le pregunta:

—Por cierto, a Dan le han limpiado el piso. Le birlaron el bajo… Así que si te enteras de alguien que vende un Rickenbacker de segunda mano, sería cojonudo que nos avisaras.

—¿Un Rickenbacker? Perfecto, yo os aviso.

¡A tomar por culo! Se imagina yendo a buscar al tipo que se lo mangó, diciéndole que son unos musiquitos encantadores y que tiene que devolvérselo. Pero ¿qué tiene esta gente en el cerebro?

La tienda está repleta de carteles naranja fosforescente anunciando diversas ofertas. Caligrafía torpe con rotulador, faltas de ortografía en todas las líneas. El dueño observó que lo hacían en las grandes superficies y transformó su tienda en el imperio del rótulo y de las ofertas. Rebaja sus yogures, liquida sus melocotones, incluso la leche que se encuentra generalmente de promoción. Inauguró una auténtica moda en el barrio: todos los tenderos lo imitan y rivalizan en ingenio para bajar el precio de las galletas rancias. Al ser el iniciador del movimiento, está convencido de que es un genial autodidacta del marketing y se pasa todo el día confeccionando esforzadamente nuevos carteles.

Un aprendiz sale de la trastienda llevando una enorme caja con paquetes de galletas. Sentado en la caja, el jefe despierta de su trance creativo para abroncarlo en árabe.

El muchacho reflexiona un instante, tira la caja al suelo y se larga sin decir palabra. El gerente sale corriendo detrás de él para recuperar su delantal. A Manu le da tiempo de llenarse los vaqueros con chocolatinas, se estira la camiseta por encima y va a la caja con dos botellas de cerveza.

El jefe le lanza una mirada torva y cobra mascullando por lo bajo.

Todas las semanas tiene un nuevo aprendiz. Solo emplea a chavales en prácticas porque les paga menos. Pero a esa edad se aguanta mal la gilipollez en dosis tan masivas, y le duran bien poco.

De nuevo en la calle, Manu engulle de golpe todo el chocolate que le cabe en la boca. El costo magnifica el potencial de gozo en sus papilas gustativas. Ya tiene un orificio colmado.

Un estudiante al que conoce la para y le propone invitarla a una copa. Un chico guapete, muy limpito, que le ha tomado cariño, no sabe bien por qué. Tal vez la encuentre deliciosamente decadente y dispuesta a encanallarse barato en cuanto la roce. Mientras pague las copas, nada que objetar.

Tiene la mollera estrecha y escasa inventiva, la memoria enciclopédica de la gente falta de emoción y talento, convencido de que citar nombres y fechas exactas puede sustituir el alma. El tipo de individuo aferrado a la mediocridad y al que ya le va bien así, estúpidamente nacido en el lugar adecuado y demasiado timorato para desfasar.

Manu propone que vayan al bar de Tony porque allí conoce a gente. De ese modo, no tendrá que darle demasiada cuerda. Es excesivamente educado para largarse sin pagarle la copa, aunque pase de él una vez que entren en el bar.

Por el camino se cruzan con dos tipos, uno de ellos le pregunta a Manu:

—¿Has visto a Radouan?

—¡No me digas! ¡Hoy lo busca todo el mundo! No, no lo he visto.

—Ni te imaginas lo que le espera cuando lo encontremos.

# 5

Nadine espera a que la cabina quede libre, sentada en un banco que hay al lado. No ha caminado ni cien metros y el sudor le empapa la espalda. Demasiado calor. Luz demasiado blanca. Solo una cosa positiva en este verano excesivo: la cerveza te sube más deprisa que de costumbre. A ver si llega pronto la noche.

*I'm screaming inside, but there's no one to hear me.*

Esta mierda de auriculares tienen cada vez peor conexión. Por suerte esta noche caerá algún dinero, se comprará unos nuevos antes de que se jodan del todo. Intenta imaginar algo más frustrante que quedarse en la ciudad sin walkman. El aire cortando las orejas, terrible.

Una mujer con pantalones anchos ocupa la cabina. Coqueta, pero sin elegancia ni atractivo, sin ningún interés. Da la espalda a Nadine, finge que no la ve.

Francis le ha pedido que lo llame cuanto antes. Con su voz de las grandes ocasiones, la de las pifias serias. Tiene prisa por saber qué quiere decir exactamente lo de «Estamos metidos en líos, en líos gordos». No se le ocurre nada concreto, porque él es de los que siempre se anticipan a las peores predicciones. También tiene prisa por saber por qué ha quedado descartado que le dijera de qué se trataba mientras estaba en el bar.

Para ella es lo más parecido a un amigo que tiene, aunque la realidad diste bastante de la definición corriente. Lo quiere a quemarropa y se deja la cara por él.

En contra de lo habitual, cuanto más lo conoce más la deslumbra. Es un poeta, en el sentido más masculino de la palabra. Constreñido por su época, incapaz de someterse al aburrimiento y la tibieza. Insoportable.

Disidente sistemático, paranoico y colérico, cobarde, ladrón, pendenciero. Provoca el rechazo allá por donde pasa. No lo aguanta nadie, y él se soporta aún menos.

Ama la vida con una exigencia que lo aparta de la vida. Prefiere afrontar los peores espantos y soportar la muerte en vida antes que renunciar a su búsqueda. No aprende lección alguna porque son contrarias a todo aquello en lo que cree y, obstinadamente, repite siempre los mismos errores.

Nadine permanece a su lado, obstinadamente. Se siente como una enfermera abnegada que no puede hacer más que aplicar compresas heladas sobre la frente de un enfermo devastado por la peste. No le sirve de ninguna ayuda, no lo alivia en absoluto. Lo vela como si delirara por la fiebre, sin estar muy segura de que él sea consciente de su presencia.

La petarda de los pantalones sale por fin de la cabina. Nadine marca el número garabateado en su palma. Es un número de París. ¿Qué coño hace en París?

Contesta al momento, debía de estar sentado al lado del teléfono:

—Soy yo, la cabina estaba ocupada. ¿Qué ha pasado?

—Es largo de contar. En fin, que he matado a un tipo.

—¿Has matado a un tipo, en el sentido propio de la palabra?

—He matado a Bouvier. Es algo bastante complicado. Tengo que contarte toda la historia. Deberíamos vernos.

—¿Estás bien? No te noto muy alterado para ser un asesino.

—Aún no he tenido tiempo de meterme bien en la piel del personaje. La verdad es que no he dejado de dormir desde que pasó.

—¿Y cuándo pasó?

—Ayer.

—¿Ahora dónde estás?

—En un hotel del extrarradio.

—¿Estabas colocado?

—No quisiera darte lástima, pero no creo que el problema sea saber si he dado positivo en el test. Es algo más grave.

—Esta es la conversación más marciana que he tenido en mi vida. ¿Quieres que vaya?

—Estaría bien, sí... Tengo cosas importantes que darte y tendrías que traerme otras que voy a necesitar.

—¿Y qué harás luego?

—Precisamente de eso es de lo quiero hablar contigo. Hay varias posibilidades. Pero antes debo explicarte los detalles; para entenderlo necesitas toda la información.

—Puedo tomar el último TGV.

Sale de la cabina después de que él le haya dado la dirección de su hotel y la lista de cosas que quiere que le lleve. Vuelve a ponerse los cascos. No piensa en nada en especial. A menudo tarda en reaccionar.

*It's going down in my dark side. It's an emotional wave.*

# 6

Al entrar en el bar, Manu piensa: «Camel no está». Su ausencia la impacta con fuerza, especialmente aquí. Más de lo que esperaba. Sensiblería infantil, el vacío le desgarra las tripas y hasta la garganta. Borrado de una vez por todas, eliminado del decorado.

La sorprende ser tan vulnerable, seguir siendo capaz de sufrir. Al principio, te crees morir con cada herida. Conviertes en una cuestión de honor el hecho de sufrir hasta no poder más. Y luego te acostumbras a soportarlo todo. Te crees endurecida, sucia de arriba abajo. Con el alma de acero templado.

Observa la sala y la emoción encuentra dentro de ella un lugar intacto donde lloverá barro.

Desplaza la pena a un rincón del cerebro y se sienta a la barra. No hay mucha gente que conozca. Unos tipos echan las cartas del tarot sobre un tapete verde raído, intercambian insultos más o menos virulentos.

Una chica abronca a alguien desde el teléfono público del bar, gesticula enfadada de cara a la pared. Lleva gafas oscuras, otros días se pone un pañuelo para taparse el cuello. Manu no sabe si es del barrio o si viene por aquí a comprar mercancía. No habla con nadie. Solo se arrastra bajo los golpes que le propina su novio, por la noche y a escondidas. Para todos los demás, es majestuosa.

Manu vacía la copa de un trago, con la esperanza de que su vecino de barra comprenda lo que eso significa.

Ve pasar a Lakim por la acera de enfrente. Cuando él la ve, le hace señas para que salga. Hace varios meses que están juntos. No recuerda haber manifestado el menor deseo de estar con él, pero él va a buscarla regularmente y se la lleva a casa, como si la hubiese adoptado. Ella suele estar siempre demasiado colgada para tomar decisiones. Se adapta a las circunstancias, entre otras, a él.

Ella le tiene aprecio. Lo malo es que él no la soporta tal como es. Y se equivoca si piensa que cambiará lo más mínimo por él. Lakim tiene unas ideas sobre la vida que espera que se respeten. Ella tiene buenas razones para ser quien es. Su historia es como una carrera que va directa contra un muro. Según Manu, mientras haya más polvos que porrazos, no hay razón para dejarlo.

Sin duda, a Manu le encanta cómo se la tira, como si quisiera que moviera el culo y gritara muy fuerte. Como si se enfadara con ella por hacer guarradas que lo enloquecen y no pudiera dejar de hincársela y tomarla con las manos, abrirle el culo, correrse a chorros en su garganta. Como si ella despertara la parte mala de su alma, aquella de la que se avergüenza, y la despertara de un modo jodidamente eficaz. Pero todo se paga, y él tiene tendencia a cobrarle un poco caro por eso.

—¿Sigues viniendo a este bar de yonquis? ¿No tienes nada mejor que hacer con tu vida?

—¡Que te den por culo!

Él le suelta un hostión. Ella se tambalea por el golpe. Un tipo en coche disminuye la marcha, de esos que se meten si le pegan a una mujer. Le pregunta a Manu si está bien, ella escupe a un lado.

—Sigo de pie y entera. ¿O es que no lo ves?

Lakim le hace señas para que se largue, y el tío obedece. Luego se vuelve hacia ella, enloquecido y furioso:

—Joder, nunca le he puesto la mano encima a una mujer, ¿estás satisfecha?

—Precisamente ahora había una mujer en el bar al que su hombre le pega unas buenas palizas. Por lo visto hoy es el día.

No es que esto me haya parecido muy grave, pero te recomiendo que no vuelvas a intentarlo. Además, no creo que tengas la ocasión de volver a hacerlo.

—Siempre me estás buscando las pulgas, Manu, no quería hacerlo, pero me provocas demasiado, en serio.

—¿Querías algo en particular?

—Quería saludarte. Eres mi amiga, te veo, quiero saludarte… Contigo la cosa siempre acaba mal.

—A partir de ahora, deja de considerarme tu amiga y ni me saludes, así tendremos la fiesta en paz. Por cierto, ¿sabes algo de Radouan? Hoy lo busca todo el mundo, ¿no has oído nada?

—Yo no tengo nada que ver con ese mocoso. Y tú tampoco deberías verle tanto…

—A quien no quiero ver nunca más es a ti. Adiós, gilipollas, voy a pillarme un buen ciego.

Lo mira de arriba abajo antes de alejarse. Hoy le ha machacado tanto la cabeza que ni quiere hacer el esfuerzo de dejarlo. Le encantaría darle la lista de los amigos de él a los que se ha tirado mientras estaban juntos. Con todo lujo de detalles acerca de las veces en que lo ha hecho cuando él estaba cerca. Sus mejores amigos. Se quedaría de piedra al enterarse. Sería la ocasión de repartir unas buenas hostias con motivo. Se encoge de hombros. Demasiadas historias y poca diversión. Y tampoco le guarda rencor, no quiere verlo más y basta.

Él hace un vago ademán para retenerla. Manu vuelve al bar. Karla la espera junto a la puerta. Una cría bobalicona y sonriente, que bebe demasiado y enseguida pierde toda la dignidad. Ha visto la escena por la ventana, chilla indignada:

—¿A que te ha pegado?

—Sí, ya veo que no te pierdes una. Puede que me lo haya buscado, pero pensaba que no te llegaba el sonido desde aquí.

—Joder, te lo tendrías que haber cargado ahí mismo. No tendrías que haberte dejado. Yo no soportaría que ningún tío me pusiera la mano encima. A mí, si me toca mi chico, me las piro al momento. Joder, no lo soportaría.

—Pues yo, mira, mientras no me echen esperma sifilítico ahí dentro, lo soporto prácticamente todo. ¿Tienes para invitarme a un trago?

—Estás de suerte, puedo invitarte toda la noche, acaban de pagarme el paro.

# 7

Nadine retuerce a un lado y a otro el cable de los cascos de su walkman hasta que el sonido le llega a ambos oídos. Mientras camina, intenta mantenerlo en la buena posición. Hace apenas dos semanas que se cambió los cascos. ¿Cómo se lo montan algunos para conservar los mismos durante meses?

Él ha matado a un tipo. ¿Qué va a pasar ahora? ¿Y qué es lo que ha ocurrido? Pero no la sorprende. Tarde o temprano tenía que pasar. Podía pasar cualquier cosa. ¿Por qué Bouvier? Una extraña elección de víctima... Punto positivo: pocos pensarán en Francis cuando descubran el cuerpo. El cuerpo... Nueva palabra. Absurda.

Intenta imaginar quién lo descubrirá y cuándo. Una mujer entra en un salón hablando de cosas normales, de embotellamientos o de una pelea o de la organización de una fiesta. Una mujer que entra en casa y le habla a su marido porque sabe que él ya ha llegado. Habla del autobús que estaba a reventar, o de una llamada que la ha sorprendido gratamente. Y en medio del salón se topa con un enorme amasijo sanguinolento. Absolutamente descolocada. El cadáver de su marido. Con el cráneo completamente aplastado. ¿Cómo va a conseguir que eso le entre en la cabeza, comprender eso que está obligada a ver? La vida de la señora acaba de tambalearse y su pequeño cerebro no sabe cómo registrar la información. La señora chilla en medio del salón, aúlla entre grandes sollozos. O quizá balbucea, o se sirve una copa. Tal vez se pellizca el lóbulo de la oreja, un gesto que hace sin pensar. Ninguna reacción apropiada ante un cadáver con las tripas al aire, la sangre espesa que empapa la moqueta. Puede que incluso pensara primero en el modo de quitar esa mancha. Y que justo después se avergonzara de haber pensado algo así en ese momento. O tal vez se sienta aliviada, tal vez piense en que por fin podrá estar con su amante.

Pero puede que Bouvier no esté casado. Quizá sea un niño que juega a la pelota en el barrio quien lo descubra por casualidad, como en las series de la tele. La pelota rodará hasta el cadáver, él se acercará gritando y brincando. Su carita de niño juguetón, unos ojos grandes llenos de inocencia y una curiosidad desprovista de aprensión. Ropa de niño, como la que se ve en la sección infantil de los grandes almacenes, sudaderas de todos los colores, con un barco en la pechera. Llegará corriendo, con esos andares divertidos de los niños muy pequeños. Un crío alegre, revoltoso, con la boca embadurnada porque acaba de comerse un Miko. Tiene mofletes, es un niño bien alimentado, un niño amado. Recogerá su pelota de color amarillo chillón manchada de sangre muy roja y aún húmeda. Le ensuciará un poco las manos. Manchas oscuras en la pelota, que ha venido a chocar contra el cráneo aplastado del cadáver en medio del salón.

*Sweet young thing aint't sweet no more.*

El cuerpo lo descubrirán sin duda los bomberos alertados por los vecinos, a causa del olor. Por lo visto los cadáveres en descomposición desprenden un hedor fortísimo.

Mierda de auriculares, por más que tire del cable no consigue restablecer el contacto. Está llegando a su calle. Un pasadizo de andamios, están restaurando las fachadas de los edificios. Ojalá Séverine no haya vuelto. Disfrutar de un momento de paz.

Un suspiro de alivio al abrir la puerta, silencio absoluto en el piso. Tiene una cita, llegará tarde. Llena una olla con agua caliente y la pone a hervir. Se sienta frente a la pequeña cocina, se masajea la nuca. Postales y fotos clavadas con chinchetas en la puerta del armario. Manchas de café recorren a lo largo la puerta de la nevera. Se le derramó por la mañana y no tuvo ganas de limpiar. Coge una esponja, la remoja en agua fría y frota para hacerlas desaparecer.

Bouvier debía dinero a Francis, mucho dinero. Desde hacía tiempo, muchísimo tiempo. Dejaron de verse más o menos cuando las cosas empezaron a ponerse francamente mal para Francis. Caída en picado durante unos años. Pasó por todas las fases del hundimiento, durante un tiempo asiduo de bar endeudado, luego incursiones en la droga, en el proceso se convirtió al speed, luego a la codeína, pasando por otras sustancias desconocidas. En ocasiones se recluía en casa de alguien, se negaba a salir durante un mes entero. En otras hacía alguna estafa y, con el dinero robado, se encerraba en un hotel una semana. Durante esos años pasó por todas las estaciones del descenso a los infiernos.

De vez en cuando pensaba en ese dinero que Bouvier le debía, entonces no hablaba de otra cosa durante días. Esa pasta resolvería todos sus problemas. Pero no llamaba nunca a Bouvier. Le daba vueltas y más vueltas a su soliloquio, cada vez más exasperado. Juraba que iría a París al día siguiente para liquidar el asunto. Y nunca iba. De forma confusa, metía en el mismo saco esa deuda y su situación. Bouvier se transformaba en el responsable de todo. Pensándolo bien, no era tan sorprendente que Francis acabara aplastándole la cabeza. Pensándolo con algo más de perspectiva, era un acto de pura demencia: no se habían visto en años.

Nadine conocía bien a Francis, tan bien que los actos más insensatos se volvían comprensibles. Porque se trata de él, ella lo cree. Por encima de todo. Incluso lo ayudó a tejer su telaraña, a fuerza de hablar su idioma y de respaldarlo en todo cuanto decía. Esta vez, definitivamente, ha ido demasiado lejos. Ha llegado el momento de comparecer ante los hombres.

Piensa: «Si lo coge la poli, lo encierran en un psiquiátrico». Para los neófitos, todo su comportamiento es fruto de la patología. Se ha vuelto incluso peligroso. Nadine echa el agua hirviendo en un tazón desportillado. Y dice en voz baja: «Es a mí a quien llamas cuando necesitas ayuda de verdad, porque actúo como si fuera tu novia, y soy la primera en pensar que estás como un cencerro». Sacude la cabeza como para ahuyentar la idea. Qué solo está Francis, y cuánto necesitaría a alguien capaz de acompañarle, de rescatarle. Y qué incapaz se siente ella de hacerlo.

Después lo visualiza claramente, en el pasillo de un hospital. Deambula en medio de otros enfermos, recluido. Nadine aprieta los dientes, hace una mueca como para tragar saliva. La imagen persiste. Eso es lo que va a pasar. Eso es lo que significa. Matar a alguien.

No quiere abandonarle. No quiere verle perder.

Cuánto tiempo pasado impregnándose de él, cuántas renuncias para que él consienta en tenerla a su lado. Lo ha escogido en contra del mundo. De una vez por todas, y sabe que es la mejor elección.

Ya llega tarde. Se plantea no ir, darle plantón. Pero necesita la pasta. Y también tiene que salir, no puede quedarse en casa dándole vueltas al asunto. Al final le han venido muchas más cosas a la cabeza, se siente más intranquila ahora que después de enterarse de la noticia.

Se cambia de ropa, busca dos medias idénticas en la cómoda, se las pone. La carne de lo alto de los muslos sobresale formando michelines; cuando engorda más de la cuenta, le roza al andar, hasta provocarle rojeces y dolor. Se hace la raya en los ojos, no consigue dibujar el mismo trazo en ambos lados porque le tiembla la mano. Fuma demasiado, y además abusa del café. O tal vez solo sea cuestión de torpeza.

Sale, la vieja de abajo la saluda cuando se cruzan. Desde aquella vez que la ayudó a subir la compra, la vieja de abajo está de buenas. Lleva siempre el mismo abrigo negro. Suele cuidar a su nieta y le compra siempre los mismos caramelos.

Al pasar, Nadine se mira en el escaparate de la farmacia. La falda le aprieta demasiado, se le sube al andar. Se le ve todo el culo contonearse reclamando echar un polvo.

Cuando va al trabajo, siempre lleva la misma ropa, el mismo perfume, el mismo pintalabios. Como si hubiera reflexionado mucho sobre qué indumentaria llevar y no quisiera oír hablar más del asunto.

Los transeúntes la miran de otro modo cuando lleva la ropa de puta. Ella los mira con descaro, está a disposición de todos los hombres con los que se cruza. Hasta los más viejos y los más guarros pueden tenerla. Mientras paguen al contado, se tumba de espaldas para que la use cualquiera.

Estación de Charpennes. Camina veloz. Los tacones de la chica de la calle repiquetean sobre el asfalto, el ruido de la zorra apresurada.

Unos chavales la llaman cuando pasa. Ella no les responde, la alcanzan y la rodean. Uno de ellos comenta: «Tiene buenas piernas, unas piernas para que se la metan bien metida». La acompañan unos metros: «¿Seguro que no quieres venir a dar una vuelta con nosotros?». Tiene que quitárselos de encima antes de llegar al callejón, no vaya a ser que se les ocurra seguirla hasta la puerta del viejo. A él no le gustaría eso. Se para en seco y los mira fijamente, es una cuestión de determinación: «Voy a trabajar ahí. Mil francos la hora; si me proponéis algo mejor, tengo tiempo para vosotros. Si no, ya os estáis largando». No se marcha enseguida, espera como si aguardara su respuesta. Ella vende su culo a un precio que está por encima de sus posibilidades. No contestan; ella sigue su camino. Confía en que no insistan. Han dado media vuelta. Da gracias al cielo y se adentra en el estrecho y sombrío callejón. Apesta a comida y basura.

# 8

Manu se agarra a Karla para no caerse.

—Mierda, cuando bebes demasiado, de golpe te das cuenta de que te has pasado. Y entonces ya es demasiado tarde, ya no puedes hablar. Entonces hay que empezar a desconfiar porque puede ocurrir cualquier cosa. Porque ya no controlas...

—Joder, estoy harta de perder el tiempo en el Tony. Cuando lo pienso, me doy cuenta de que siempre estoy ahí metida y es un coñazo. No tengo ni un solo colega de verdad, no me divierto, es un auténtico coñazo. Aparte de ti, que te conocí allí, pero el resto me importa un carajo.

—Haces bien, porque a ellos tú también les traes sin cuidado. Gesticulan, se toquetean, pero no es más que movimiento, están vacíos. Cagados de miedo. Pero el problema no está solo en el Tony, es igual en todas partes y empieza a apestar.

A Manu le gustaría explicárselo con más detalle, pero Karla la interrumpe:

—No quería contártelo porque me parece asqueroso. ¿Sabes qué van diciendo sobre ti ahora?

Manu niega con la cabeza y, al mismo tiempo, da a entender que le da lo mismo. Han llegado a orillas del Sena, justo al borde del agua. Manu exclama a gritos:

—¡Hostia puta, qué lugar más guapo! Te dan ganas de irte a vivir al campo. ¡Cómo me gustan los ríos, es que me encantan! ¡Joder, me entran ganas de estar junto al mar! A la mierda el Tony, que digan lo que quieran. Este sitio es precioso.

Un pack de cerveza al borde del agua, ¿para qué comerse el coco? Seriedad y tranquilidad, Karla, no nos apartemos del buen camino. Aprovechemos que no están y que se jodan.

Karla no ve las cosas exactamente así. Insiste:

—Es un rumor que corre. No sé qué hijo de puta lanzó el bulo. Pero no hay que fiarse de nadie allí. Por lo visto te han visto en películas guarras. Incluso dan detalles asquerosos. No quería decírtelo porque me repugna. Tú siempre ayudando a todo el mundo, buenaza como nadie, y a ellos se les ocurre decir que…

—Vale, si no querías decírmelo podrías haberte callado, ¿qué quieres que te diga?

—Prefiero decírtelo. Es demasiado asqueroso. Prefiero que estés al corriente.

—Vale, ya estoy al corriente. ¿Y a mí qué? Me cago en todos ellos. Tráemelos uno a uno, los pongo en fila y me cago encima de ellos. No tienes que tomártelo así, Karla, eres demasiado sensible.

Mientras habla, Manu se tiende en el suelo, con los brazos en cruz, se desgañita mirando el cielo. Cree sinceramente que sería capaz de inundar el barrio entero de una sola cagada, y es algo que la divierte mucho. Todavía hay sol, es un lugar realmente hermoso. De hecho, aún estaría mejor si Karla no estuviera allí. La chica es maja, pero después de todo sus ideas son demasiado pequeñas, insignificantes. Tiene unos ojos que se empequeñecen, unos ojos que no dejan entrar gran cosa. Y todo lo que se sale de madre la pone furiosa.

A Manu le gusta todo lo que se sale de madre, todo lo que desborda le encanta. Tiene ansias más amplias y desaforadas. Y echar un polvo es lo único que conoce que merezca hacer una parada y algún esfuerzo. Karla es como las demás, miedosa y agresiva.

Un coche se detiene, no muy lejos de donde están. Se oyen las puertas al cerrarse, Manu no presta atención. Dice a voz en grito:

—Te digo, Karla, que hay que dilatar el ano y la mente lo seguirá. Hay que expandir las ideas, mirar a lo grande, Karla, en serio… Abrir la mente…

—Chicas, pues nosotros no queremos abriros precisamente las ideas.

Karla está de pie. A Manu le cuesta levantarse. No tiene ganas de que la incordien. De tener que lidiar con ese vozarrón de imbécil. Ni con esos zapatos de punta. Ni con los mocasines del de al lado, ni con las zapatillas de deporte del de atrás. Se quedan calladas, miran el agua. Los tres tipos se acercan.

—Vamos, no pongáis esa cara, solo lo ha dicho para distender el ambiente.

—Hemos venido aquí para relajarnos un poco. Vemos a dos chicas y pensamos que quizá podríamos relajarnos juntos… No queremos molestaros, chicas, solo queríamos presentarnos…

Manu se levanta. Evita mirar a los tipos. No necesita mirarlos dos veces para comprobar que son unos cerdos asquerosos. Pequeños, agresivos y borrachos. Les ha tocado la lotería. Karla se tira de la falda con aire de perfecta bobalicona. Manu la coge del brazo, y con un gesto de la cabeza les dice a los chicos:

—Nosotras ya nos íbamos, tenemos cosas que hacer. Es una pena, que lo paséis bien…

El de los mocasines le bloquea el paso.

—¿Seguro que no tienes tiempo para una partidita de abrirse de piernas?

Le planta la mano en los pechos. Ve a Karla con la cara contra el suelo y al tipo que está encima de ella —el de las zapatillas de deporte— metiéndole una hostia fenomenal y llamándola gilipollas.

Oye a Karla gritar, llamarla. Siente la mano del otro entre sus muslos manoseándole el coño. El tío se cachondea mientras dice «Esta no es demasiado arisca», y la tira al suelo. «Bájate las bragas y abre las piernas, ábrelas bien para que no te haga daño con mi magnífico cacharro.»

Ella obedece. Se da la vuelta cuando se lo pide. Karla lloriquea y no para de hablar, suplicándoles que no la toquen. Uno de los tipos la sujeta por el pelo. Le echa la cabeza para atrás y la llama putilla. Ella tiene la cara enrojecida, agarrotada, llena de lágrimas. Con los mocos cayéndole de la nariz y la sangre llenándole la boca. Cuando intenta hablar, babea sangre. Entre sus dientes se perfilan rayas de color rojo. El otro tío la coge por los hombros, ella se protege la cara con los brazos mientras la pone de rodillas. Encogida y llorosa. Aterrorizada, suplicante. Manu dice: «Ya vale, dejadla en paz». El tipo que tiene encima se carcajea y le golpea la nariz con la mano. Explosión detrás de los ojos, luego dolor sordo en toda la cabeza. Los otros levantan a Karla. La apoyan contra el capó del coche, le retuercen los brazos a la espalda. Le golpean la cabeza contra la carrocería. Varias veces. Hacen un montón de ruido, pero por allí nunca pasa nadie. El tipo de encima le susurra:

—Dime, cariño, ¿qué me dices de mi polla? Parece que no te disgusta, ¿eh?

Oye cómo a Karla le caen bofetadas entre dos protestas. Teme que la hostien demasiado, que la aplasten de verdad. Tiene miedo de que la revienten. Le grita: «¡Joder! ¡Déjales hacer para que no te peguen!». Eso hace que los tíos se rían aún más. «Estas puercas follan como conejas… Vamos a darles por el culo, apuesto a que es más ancho que la vía legal…»

¿Qué harán luego? ¿Qué acabarán haciendo? Llevan un colocón de lo más violento. Y, francamente, el alcohol no los vuelve nada simpáticos. Están contentos de estar juntos, intercambian unas buenas bromas, tienen una actividad común, un enemigo común. ¿Hasta dónde piensan llegar para demostrar su unión? ¿Les abrirán el vientre o les clavarán un cañón de escopeta bien hondo y las harán explotar por dentro? ¿Cuánto tiempo más les divertirá seguir metiéndola y diciendo gilipolleces? ¿Qué tienen previsto para después? Manu reflexiona. Si se han puesto antes de acuerdo, si han decidido joderlas hasta que dejen de respirar, lo tienen negro, los tíos no se echarán para atrás. Pero tal vez solo quieran violarlas. Sobre todo no hay que asustarles, que no les entre el pánico. Sobre todo no provocarles para que no vayan más allá de los golpes en la jeta y las bruscas embestidas de cadera. Le gustaría que Karla se calmara, sobre todo que no le peguen más, a menos que ya lo tuvieran previsto. Sobre todo mantenerse viva. Cualquier cosa para mantenerse viva.

—Es increíble cómo se deja esta tipa.

—No me extraña. Con esa pinta de zorra que tiene se la tienen que empalar a menudo, ¿eh?

—No te fíes, seguro que confunde su coño con el cubo de la basura.

—Tendríamos que haber traído condones, nunca se sabe… Con tías que se dejan violar…

La broma les hace reír un rato. Otro tipo se le tira encima; antes de echarse, le golpea el interior de los muslos con los pies para que abra más las piernas. Cuando la penetra le dice: «Muévete, mueve el culo para sentir lo bien que te follo». Karla está tirada en el suelo a su lado, las convulsiones sacuden su cuerpo, alguien se mueve encima. Tiene las piernas muy blancas y fofas, extendidas a los lados. La piel manchada de tierra y hierba. El culo del tipo sube y baja, blanco con granos rojos y unos cuantos pelos negros. A ratos da sacudones más violentos, y cada vez que lo hace Karla grita, lo cual parece satisfacer más al tipo. Tiene el pelo grasiento y los dientes de delante podridos.

El tercer tío le pide a Manu que se dé la vuelta. Dice:

—Límpiate el culo, estás llena de tierra.

Ella mira al suelo, en la hierba hay un poco de sangre suya, de cuando el tipo le pegó en la nariz. Otro, de pie, los observa. El que le está dando por detrás se exaspera.

—Es como follarse un cadáver.

El que observa añade:

—Mírala, ni siquiera ha llorado. Joder, eso no es una mujer.

Ella mira al que acaba de hablar, gira la cabeza y echa un vistazo al otro por encima del hombro. Sonríe.

—Pero ¿tú qué te crees que tienes entre las piernas, imbécil?

El tipo se retira. Más le valdría haber cerrado el pico. ¿Cómo se le ha ocurrido meter más mierda? El más bajito de los dos, el de los mocasines, dice:

—Se me han pasado las ganas, estas cerdas son demasiado asquerosas. Pura basura.

Le piden al tercero que se dé prisa en terminar, quieren largarse en busca de chicas más follables, estas dos son para los vagabundos y los perros.

Manu está tirada bocabajo. Se acabó. Siente dolor en la espalda y las rodillas. ¿Seguro que se habrá terminado? Sigue con vida. Ya se van. También le duele la cabeza. Se palpa con la lengua y nota cómo se le mueve un diente.

El otro se pone los pantalones. Van hacia el coche. Manu se gira bocarriba con precaución. No le duele mucho cuando se mueve, seguramente no tendrá nada roto. Mira el cielo. Oye a Karla gemir a su lado, siente ganas de vomitar. Dolor en los pechos también… Joder, ¿por qué le han pegado tanto si no se ha resistido? Oye a Karla sorberse los mocos. No tiene ganas de que esté ahí, no tiene ganas de hablarle. Karla consigue articular:

—¿Cómo has podido hacerlo? ¿Cómo has podido dejarte de ese modo?

Manu no responde enseguida. Intuye que le da aún más asco a Karla que a los mismos tíos. ¿Que cómo ha podido hacerlo? Menuda gilipollez…

Oye el ruido del motor. Se acabó. Contesta:

—Después de algo así, es fantástico poder respirar. Seguimos vivas, y eso me encanta. No es nada comparado con lo que te pueden hacer, solo han sido unos golpes de polla…

Karla sube el tono, anuncia el ataque de nervios:

—¿Cómo puedes decir eso?

—Puedo decir eso porque me la sudan sus pobres pichas de pajilleros, porque ya he tenido otras en el vientre y porque pienso que les jodan. Es como un coche que aparcas en el centro, no dejas cosas de valor dentro porque no puedes impedir que lo abran. Y como no puedo impedir que esos capullos lo abran, cariño, no he dejado nada de valor dentro...

Karla la observa, tiene la cara hecha un cromo. No consigue hablar. Parece sofocada. A punto de explotar. Manu rectifica rápidamente. Sobre todo tranquilizarla, sobre todo evitar el ataque de nervios:

—Perdóname, no quiero echar más mierda. Son cosas que pasan... Somos chicas, ¿qué quieres? Ahora ya ha pasado todo, verás como todo irá bien.

Ve a Karla de pie doblada sobre sí misma, con sangre saliéndole de la boca y de la nariz, con el ojo derecho hinchado derramando lágrimas de rímel. Le tiemblan los labios:

—¿Cómo has podido hacerlo?

Se da la vuelta y avanza hacia el coche, que sigue allí. Alza el puño, los insulta mientras llora. Grita:

—¡Hijos de puta, no os creáis que yo soy de esas, me las vais a pagar, me las vais a pagar!

El coche impacta de lleno contra Karla. Manu nunca llegará a entender cómo ella pudo echarse a un lado tan rápido. Cómo pudo esquivar el coche y salir corriendo hacia la calle.

# 9

En cuanto cierra la puerta el viejo ya le está sobando el culo. Se queja:

—Sabes que prefiero que llames desde abajo, por si mi hijo aún está en casa.

Billetes doblados sobre la mesa. Hule beige con algunas quemaduras de cigarrillos y cercos oscuros allá donde han puesto cacerolas hirviendo sin salvamanteles.

Nadine se guarda el dinero en el bolso, se quita la chaqueta y se desabrocha la falda.

Él apaga la luz, deja la tele encendida, se quita los pantalones, se sube el jersey y se tumba en el colchón que está en el suelo. Ha doblado las piernas y no deja de mirarla, sonriendo. No a ella, sino que sonríe al pensar que se le pondrá encima y hará lo que él le diga. Parece un pollo gordo y triste, con esas piernecillas y ese barrigón. Le pide que no se quite los tacones y se acaricie los pechos. Siempre lo mismo. Es uno de sus clientes más antiguos.

Seguro que le meterá la lengua en la boca. Le dejó hacerlo una vez y ahora siempre quiere besarla. Recuerda una novela en la que Bukowski contaba que para él lo más íntimo era besar en la boca. En aquel momento le pareció una reflexión chorra. Ahora la entiende muy bien. Entre los muslos, bien lejos de la cabeza, consigues pensar en otra cosa. Pero la boca, eso sí que te colma.

Durante un rato se mueve como una tonta al pie de la cama, mientras él se la pela mirándola. Luego le pide que se tumbe y la monta.

Le aparta el cabello de delante de la cara, dice que quiere verle los ojos. Se pregunta cuánto daría por verle las entrañas. ¿Qué se imaginarán los tíos que esconden las chicas para querer siempre verlas por todas partes?

La está taladrando, suda a chorros y resopla ruidosamente. Un aliento fétido. Un viejo asqueroso. Hará todo lo que pueda para no correrse y para que dure el máximo tiempo posible. Al final ella acabará teniendo pelos suyos pegados al pecho por el sudor. En la tele, una chica intenta contestar las preguntas de un presentador diligente, elegante y divertido.

Nadine mueve maquinalmente las caderas. Él dice cosas sobre su cuerpo y sobre lo caliente que tiene el culo. La agarra por las caderas para moverla a su antojo, le sube las piernas y le separa las nalgas. Hace todos los gestos posibles para demostrarle que la usa como quiere. Le pregunta si va a correrse.

A Nadine no le cuesta mucho, y a los clientes les encanta.

Cuando el viejo ha eyaculado, ella se levanta y se viste. Hay demasiada mugre en su casa para ducharse. Él dice:

—Me sale muy caro cada vez, es demasiado para mí, sabes… Mira cómo vivo…

Un agujero de ratas. Sórdido. No consigue imaginarse cómo puede vivir con su hijo aquí dentro. No consigue imaginárselos comiendo frente a frente. ¿Qué aspecto tendrá el hijo? ¿Sospechará algo? ¿Les contará a sus amigos riendo: «Mi padre se regala una puta siempre que salgo, se pule toda la pasta»? Nadine pregunta:

—¿No quieres que vuelva?

—Sí, sí, quiero que sigas viniendo. Pero como nos vemos tan a menudo podrías hacerme una rebajita, ¿no te parece? Y luego están esas cosas que tienes en la espalda, antes no las tenías, sería lógico que bajaras un poco la tarifa, ¿no? Además, llevamos viéndonos mucho tiempo, y es difícil para alguien como yo juntar esa cantidad.

—Búscate una puta más barata.

—Espera, lo que tú no entiendes es que…

Nadine se marcha sin darle tiempo a terminar. Lo que ella entiende es que el tío es un coñazo. Por el hueco de la escalera le grita que la espera el próximo jueves a la misma hora, que ya se las apañará.

No piensa volver nunca más. Ese viejo de mierda acabará confundiéndola con una cuidadora.

Entra en la primera tienda de música que encuentra. Compra unos auriculares. Los más baratos de los pasables. El vendedor es amable; antes de salir, le pregunta: «¿Ha estado llorando?». Se reprime para no aconsejarle que se meta en sus asuntos y lo mira extrañada. Él explica: «Se le ha corrido el rímel debajo de los ojos, como si hubiera estado llorando». Maquinalmente, se frota debajo del ojo, da las gracias y se va. Se le olvidó retocarse el maquillaje antes de salir.

Conecta los nuevos auriculares. Sube el volumen a tope. *You can't bring me down.* No veas cómo cambia la cosa. Muro de guitarra directo a la sangre; ahora se da cuenta de que si le diera una patada a un edificio podría derrumbarlo. Por ese precio, los auriculares no están mal; no todo es una mierda en este jodido día.

Sentada en el metro, se observa las manos. El tipo de al lado le sonríe. Hace como que no lo ha visto.

De todos modos, y aunque le salga caro, al viejo cabrón ya le va bien que haya chicas como ella para desahogarse.

Tumbarse para que te colmen, servir a todo el mundo. ¿Lo llevará en la sangre?

Cierto que es mucha pasta. Aunque nunca sabe si vale realmente la pena. Su picha siempre huele a rancio cuando se la mete en la boca. Y sin embargo es menos duro que ir a trabajar.

Claro que tampoco es nada fácil acostarse con alguien sin poner mala cara. Al principio, crees que te basta con tener los tres agujeros para que te la metan y pensar en otra cosa mientras dure. Pero la cosa dura mucho más, no basta con ducharse y salir dando un portazo.

Un deseo furioso de destrozar algo, algo sagrado. Le encanta su trabajo.

Una voz de niña resuena en su cerebro: «Mamá, ¿qué es lo que me pasa?». Sin que Nadine recuerde exactamente de qué se trata.

El tipo de al lado se inclina para decirle algo. Ella no gira la cabeza.

Nunca habla con nadie de lo que hace. No se avergüenza de ello. Existe cierto orgullo en caer tan bajo, cierto heroísmo en la decadencia. Siente desprecio por los demás, los que no saben nada y la miran por encima del hombro cuando pasa, porque creen tener más dignidad.

Le va bien en este oficio. Sobre todo cuando llega el momento de pulirse la pasta. Vaciar el supermercado, donde se cruza con mujeres que escogen a sus amantes, las que follan gratis. Las que cuentan las monedas para alimentar a su familia.

Cae en la cuenta de que está sonriendo para sí. El señor de al lado cree que es a él, le pone una mano en el hombro para que se quite los walkman y le escuche. Ella se levanta y se va a esperar a la otra punta del andén.

*You'd better take a walk in my wood. You'd better take a walk in the real world.*

Matar a alguien.

Sigue costándole un montón acostumbrarse a la idea.


Aún no ha cerrado la puerta y ya oye gritar a Séverine.

—No me hace ninguna gracia que te bebas mi whisky sin pedírmelo. ¡Pero al menos podrías guardarlo en su sitio!

—Te he dejado algo. Agradéceme el esfuerzo.

Nadine se va a la habitación a cambiarse. La otra la sigue.

—Siempre la misma historia; cuando te llamo la atención, contestas una chorrada y te largas. Eres incapaz de dialogar. Y cuando compartes piso, hay que dialogar. Es algo que requiere respeto y esfuerzo, ¿entiendes?, y dudo mucho de que tú seas capaz...

Nadine se pone un jersey. Séverine nunca se atreve a preguntarle por qué se pone falda y tacones varias veces a la semana.

¿Qué dirá cuando se entere de lo de Francis? ¿Qué dirán todos?

Séverine continúa explicando cómo son las cosas cuando compartes piso. Es una chica guapa. Elegante, casi refinada. Le falta gracia cuando se mueve. Poco agradable de ver cuando está en movimiento. Como si su cuerpo la molestara. Le falta emoción. Tiene un cuello inmenso, de una blancura perfecta. ¿Qué gilipollez se le ocurrirá cuando se entere de lo de Francis? No tiene derecho a decir nada, no tiene derecho a emitir ninguno de sus putos juicios al respecto.

Y antes incluso de que conciba la idea, las manos de Nadine encuentran instintivamente sus huellas a lo largo del cuello de Séverine y lo aprietan con rabia, implacablemente. Tiene que hacerla callar. A horcajadas sobre ella, Nadine la sujeta contra el suelo. No piensa en nada. Concentrada, aplicada. Cuando folla, a veces tiene la impresión de salirse de sí misma, de olvidarse de todo por un instante. Desconecta la parte que observa y comenta. Ese es el efecto que le produce. Cuando vuelve en sí, está estrangulando a Séverine.

Así que es cierto eso de que la lengua cuelga un poco. Y lo de los ojos salidos también.

Se levanta y se echa el pelo hacia atrás. A menudo ha soñado con un cuerpo que tiene que esconder. Lo estaba descuartizando y entonces llegaba alguien; a toda prisa, arrojaba los trozos de cualquier manera por ahí y se ponía a tomar el té con los invitados. Miembros desgarrados tirados bajo el sofá, metidos entre los cojines. En ese sueño recurrente, ella tenía que entablar conversación, como si no ocurriera nada. Con un brazo arrancado saliendo por debajo de la cómoda.

Es razonablemente imposible descuartizar el cuerpo de Séverine para esconderlo. Aunque sería lo más sencillo, arrastrarla hasta la bañera, serrarla en trocitos, meterlo todo en bolsas de basura y guardarla en la nevera. E ir deshaciéndose de ella progresivamente, repartirla por la ciudad…

No le queda tiempo para hacerlo, debe largarse esa misma noche.

¿Cuánto tiempo tardarán en descubrirla si lo deja todo como está? ¿Cuánto tiempo pasará antes de que echen la puerta abajo? ¿Quién se preocupará por ella? Séverine trabaja haciendo sustituciones, acaba de terminar un contrato. Así que nadie se preocupará por ella en el curro. Su madre está acostumbrada a no tener noticias de ella durante semanas. No se ve con nadie habitualmente. Así pues, pasará bastante tiempo antes de que echen la puerta abajo. Tal vez por eso tenía tantas ganas de tener novio… Para estar segura de que alguien se preocuparía por ella si desaparecía. Nadine puede dejarla pudrirse ahí sin problema, nadie notará su ausencia lo suficiente como para preocuparse de su suerte.

Siguiendo con sus asuntos, Nadine busca las cosas que Francis le ha pedido que le lleve. Solo a él se le puede ocurrir pedir un cinturón y un libro para una huida definitiva. Las cosas tienen la importancia que les das. Allá él. Y para ella, para marcharse para siempre, ¿qué se puede llevar? Ni la menor idea. Ya de niña, cuando se fugaba de casa, nunca sabía qué llevarse. Rebusca entre sus cintas, coge unas diez o así, y también se lleva la botella de whisky y el talonario de Séverine. Pasa varias veces por encima del cadáver.

Suena el teléfono. Siempre le ha parecido un aparato hostil y amenazador. Imposible saber quién llama ni por qué. Siempre el mismo timbre, sea cual sea la noticia. Tiene la impresión de que los de fuera intentan vigilarla, acosarla hasta en su propia casa y dejarle claro que pueden entrar cuando les dé la gana. Ahora ha hecho todo lo necesario para justificar su miedo al teléfono. Todas esas angustias estúpidas, y el miedo en sordina. La sensación de que le han prolongado la condena. Todas esas cosas familiares y desprovistas de sentido. Ahora ha hecho lo necesario para que su propia realidad y la realidad de los demás coincidan un poco.

Los cascos nuevos le hacen daño en las orejas.

*L'essence même du mal. Toutes nos grandes villes, toutes nos belles filles, autant de foyers d'infamie!*

Nadine se pregunta si debe tomar el autobús o el metro para no perder el último TGV. No le ha dado tiempo de ducharse.

# 10

Puta mierda, le va a estallar el pecho. Ha corrido demasiado. Manu se pregunta si algún día llegará a recuperar el aliento. Revive claramente el efecto que le produjo oír aquello. El grito de Karla cuando la plancha metálica impactó contra ella. El ruido sordo del cuerpo contra el capó. No vio gran cosa, echó a correr al momento, casi antes de que ocurriera. En el instante de salir corriendo, su cabeza registró el alarido y el extraño estrépito.

Se para en un bar, se hurga en los bolsillos, pone en fila la calderilla que le queda. Cuenta las monedas esparciéndolas sobre la barra.

—Quiero un whisky y telefonear.

Llama a la policía y dice:

—Hay una chica en el muelle, a la altura de la disco, justo abajo, donde hay árboles. He visto cómo la atropellaba un coche. No sé si aún se mueve, pero estaría bien ir a comprobarlo.

Luego llama a los bomberos; de la poli no se fía porque ella habla muy mal. Los bomberos le inspiran mayor confianza.

Apura su vaso de un trago, evita demorarse en el bar, no vaya a ser que los polis vuelvan a llamar. Ahora se trata de irse a casa y de ponerse ciega hasta caer redonda.

Vuelve a pie, desconfía de cualquier coche que pasa, puede que la estén buscando. Al mismo tiempo, se pregunta quién podría dejarle pasta.

Las vieron salir juntas del Tony. Y se verá metida en líos cuando identifiquen a Karla. Dirá que se fue a casa enseguida, que ella no bajó hasta el río. Pero los polis la incordiarán igualmente.

Ya está llegando y todavía no ha encontrado a quién pedirle prestado dinero para comprar una botella. Imposible subir a casa de ese modo, va a darse de cabezazos contra las paredes. Lástima que no quede ningún tendero en el barrio que le fíe.

Finalmente reconoce a Belkacem en un escúter de aspecto flamante. Lo llama:

—Por favor, ¿no tendrás cien francos para dejarme? Te los devuelvo mañana, pásate por casa.

El muchacho le alarga el billete sin comentarios, un chaval estupendo. Le pregunta:

—Vaya pinta que llevas. ¿Te has peleado?

—No, me caí yo sola. Es para eso, tengo que beber para dormir. Si sigo andando, me caigo.

—¿Sabes lo de Radouan?

—Sí, ya lo sé, lo busca todo el mundo. Ese atontado no hace nada a derechas…

—No, no es eso. Ya lo han encontrado. Moustaf y sus colegas acaban de pillarle. Y esta vez creo que ha captado el mensaje…

—¿Le han zurrado?

—Una buena. No se sabe exactamente lo que tiene. Está en el hospital. Es una suerte que aún tenga la cabeza sobre los hombros. Es lo único que no tiene roto, me parece… Y aun así… Le han hecho una cara nueva con vitriolo. Para dar ejemplo, hay demasiado follón en el barrio últimamente, lo han hecho para quitarles las ganas de tontear a los otros…

—¿Lo viste todo?

—No vi nada. Solo cuando vino a recogerlo la ambulancia, no sabían muy bien cómo arreglárselas para llevárselo. No me gustaría estar en su lugar.

—¿Ácido en la jeta? Eso sí que te cambia la vida… ¿Sabes lo que había hecho?

—Había dejado de pagar cosas, no vendía donde debía... Un poco de todo, ya sabes. Y además las primeras veces que fueron a verlo se hizo el gallito, en plan yo no tengo miedo de nadie...

—Gracias por la pasta. Eres un tío legal, demasiado legal. Chao, Belkass.


Entra en la tienda de la esquina. Paga su botella de Four Roses. Se va a casa. Enciende la tele. Bebe a grandes tragos. Suena el teléfono. A la mierda el teléfono. Arranca el cable.

Siempre hay momentos así. Días desastrosos. Ya se ha fundido media botella. Ni siquiera está atontada. Eso la llena de una rabia oscura. Una rabia inquieta. Quiere colocarse hasta perder el sentido lo más rápido posible; sobre todo, no tener tiempo para pensar en lo ocurrido hoy.

Se termina la botella. Todavía no se ha dormido. Pero se siente profundamente aliviada. Le ha simplificado las ideas, el alcohol es buen consejero.

Se quita la ropa, toda desgarrada y sucia de tierra. Se pone unos vaqueros. Tiene la piel magullada, marcas amarillentas a lo largo de los brazos. Mañana le saldrán unos morados brutales. Se pone unas gafas oscuras y agarra la palanca que Radouan dejó aquí hace poco.

Cruza la calzada y se dirige a un edificio unas cuantas calles más allá. Sube al último piso y llama a la puerta de Lakim. No está, es la hora de sus trapicheos. Su piso se encuentra bajo la azotea. Hay una ventana encima de la puerta. La escalerita de acceso se guarda en el armario, al lado del contador de la luz.

Manu sube al tejado sin problema. Pone sumo cuidado en no romperse la jeta. Fuerza la ventana con la palanca, la abre y entra en el piso de Lakim.

Conoce bien el lugar, ha pasado ahí mucho tiempo. Si hay un solo mueble en esta estancia contra el cual no se la hayan follado, es que sigue siendo virgen. Malcolm X en la pared, flanqueado por dos boxeadores. En una caja cerrada con llave que esconde detrás de la nevera guarda toda la pasta que ha ahorrado desde que trafica. Es el único camello que conoce capaz de ahorrar. No se fía de los bancos porque teme que le pregunten de dónde sale tanto dinero. Manu descubrió ese escondrijo por casualidad, una vez que se le cayó una cucharilla detrás de la nevera y, por pura intuición, intentó recuperarla. En cambio, no sabe dónde está la llave de la caja, ya se las arreglará más tarde.

En el último cajón del escritorio hay una pipa y cartuchos. Lakim la llevó varias veces a practicar tiro. No le entusiasmó demasiado, aunque le gustaba el estruendo.

Se encamina hacia la puerta, con la caja de hierro bajo el brazo y el arma pesándole mucho en el bolso.

Pensándolo bien, está francamente colocada y titubea un poco mientras se dirige a casa de Moustaf, dos calles más abajo. Llama, le abre al momento. A decir verdad, habría preferido que no estuviera. Pero ya que todo ha sucedido así... Él dice:

—Tienes esa jeta que se te pone cuando has bebido más de la cuenta. ¿A qué has venido?

Sin dejarla pasar. Manu pregunta:

—¿Estás solo?

A Moustaf se le relaja el semblante. Sonríe.

—Dicen que tienes mal rollo con Lakim, ¿eh? Hace mucho que no me vienes a ver. ¿Me echas de menos?

Manu lo empuja dentro del piso con el hombro. En voz más baja, dice:

—No. He venido a decirte que no está bien lo que le habéis hecho a Radouan. Nadie tiene derecho a hacerle eso a un crío.

Pone la caja en el suelo y hurga en el bolso. Le oye decir:

—Tú no eres nadie para darme consejos. ¿Te has visto? Estás hecha un pingajo.

—Ya no vas a recibir muchos consejos, capullo, y seguramente yo seré el último pingajo que veas. Así que aprovecha...

Dispara una vez, a quemarropa. Se le sacude el hombro, el ruido es infernal. Es menos espectacular que en el cine. La cabeza le explota, cae hacia atrás. Cae de cualquier modo, se diría que ni siquiera ha sabido encajarlo. No es para nada como en el cine. Se le acerca porque seguro que tiene los bolsillos llenos de pasta. Le ha dado en plenos morros. Una papilla facial. Le cuesta decidirse a tocarlo para registrarlo.

No pensaba que fuera a disparar. Ha venido para eso, pero creía que algo se lo impediría.

Antes de irse, vacía un gran bolso negro de piel y mete la caja de Lakim. Registra un poco la cocina y encuentra una botella de ginebra en la nevera. No es que le guste especialmente, pero es lo bastante fuerte.

Cierra la puerta al salir. No hay nadie en el pasillo. Los vecinos están acostumbrados a oír de todo, no van a salir por un simple disparo. Manu dice: «Ya, pero normalmente no soy yo quien dispara, hatajo de cabrones». No sabe a ciencia cierta si lo ha dicho en voz alta o en su cabeza. Bien mirado, está realmente hecha polvo.

Apenas empieza a anochecer. Los días de verano son muy largos. En un bar busca «Burgorg» en el listín. Anota la dirección. No sabe exactamente dónde cae. Sería mejor tomar un taxi, pero no lleva un franco encima y no es buen momento para abrir la caja.

En la calle se cruza con un señoritingo trajeado. Saca la pipa sin saber si está cargada o no y se la incrusta en la frente.

—Dime, pequeñín, ¿verdad que llevas cartera? Pues me la vas a dar porque, a diferencia de ti, hoy es mi día de suerte.

Si intenta joderla, le rompe a culatazos ese cráneo que empieza a clarear. Pero el tipo está blanco y le pasa la cartera sin rechistar.

—Ahora agacha la cabeza y corre… No quiero ni verte.

Manu se aleja a zancadas en cuanto el tío se gira y echa a correr. Abre la cartera; ha valido la pena: está llena de pasta. Realmente es su día de suerte. Se repite a sí misma: «Tan fácil como eso, el secreto es no vacilar». ¿Por qué la gente que tiene tarjeta llevará dinero encima? No lo entiende. Pero le viene al pelo… Se dirige a la parada de taxis, va repitiendo pensativa: «Tan fácil como eso, no vacilar».

Burgorg, el responsable de la condicional de Camel, vive en un barrio residencial de clase media. No está mal, francamente nada mal. Por el camino, Manu hace un esfuerzo por cogerle el gusto a la ginebra. Tampoco está tan mal, la verdad.

El taxista la deja delante de la casa. Ni una palabra durante todo el trayecto.

Antes de llamar a la puerta, tiene la presencia de ánimo de cargar la pistola. Le cuesta un poco. Se ha puesto morada de ginebra.

Llama. El tipo que le abre es alto, enclenque, cuarentón. Se lo imagina fácilmente haciéndose el enrollado, comiéndoles el coco a los tipos de la condicional con sus palabras de ánimo. No es que todos tengan la misma facha, pero se los reconoce bastante bien.

Manu pregunta:

—¿Señor Burgorg?

—Sí.

—Buenos días, soy la hermana pequeña de Camel, el que se colgó hace poco. ¿Se sitúa?

Él asiente. No sabe si debería echarla en el acto.

—Mire, señor, en esta historia hay algunos detalles que no me encajan.

Él se recupera. Permanece muy erguido y le habla en tono perentorio, típico de los profesionales de la autoridad:

—No veo qué…

—Pues yo sí veo. Te veo tirado por el suelo, con tu asquerosa jeta destrozada, las tripas al aire…

Manu retrocede un paso y apunta a la garganta. De hecho, el balazo le da en lo alto del torso; así que vuelve a disparar, más arriba. Falla. Él se tambalea hacia atrás y ella se acerca y le incrusta el cañón en el estómago. Dispara otra vez y mira cómo se derrumba a sus pies.

Desde un punto de vista estrictamente visual, se queda más satisfecha que la primera vez. Más colores. Ya no es tan novata, lo disfruta más.

Del interior de la casa llega una mujer secándose las manos con un trapo. Chilla al verlo en el suelo. Y también se lleva una en pleno vientre. «Lástima que no sepa apuntar; en medio del cuello quedaría mucho más vistoso.» Manu pasa por encima del cuerpo del poli, se planta a unos pasos de la mujer y le destroza la cara hasta vaciar el cargador.

Con cada detonación, su cuerpo se ve impulsado hacia atrás, piensa que debe mantener más firme el hombro.

Recoge el bolso y se larga corriendo. Toma el primer autobús que pasa. Y ahora, ¿qué podría hacer?

# 11

El viaje en tren es interminable, el hotel fácil de encontrar. En la recepción pregunta por el señor Pajet. El italiano mal afeitado le da el número de la habitación y añade:

—Pero el señor no ha tomado una habitación para dos...

—No voy a quedarme a dormir, solo vengo para hacerle la mamada de la noche.

Llama a la puerta, Francis tarda en abrir. Dormía.

Él se pone a dar vueltas por la habitación y hace que parezca más pequeña. Se masajea la nuca. Le cuesta espabilarse.

—Es increíble lo bien que duermo ahora que estoy con la mierda hasta el cuello.

Ella se sienta en el borde de la cama, espera pacientemente a que sea capaz de conversar. Abre el walkman para cambiarle las pilas. Él dice:

—Las cosas no pintan muy bien. A decir verdad, no sé lo que hacer. Tengo algunas ideas, me gustaría comentarlas contigo. Quiero que me des tu opinión.

—Se te ve bastante bien.

—Cualquiera diría que algo así te machaca... Pero no, duermo como un bebé. No paro de dormir, ya te lo he dicho. Y créeme, yo soy el primer sorprendido.

Tiene una sonrisa extraña, una mueca de sonrisa. Luego prosigue:

—Lo primero que hay que hacer es bajar a pillar speed para ver las cosas más claras y dejar de dormir. Algo rápido y eficaz, tengo un montón de cosas que contarte.

Ella asiente, él le pasa una fotocopia de una receta en blanco.

—¿Te puedes encargar tú, por favor?

Se le ha metido en la cabeza que ella tiene letra de médico. Y de ese modo la tiene al corriente de lo que toma. Como quien no quiere la cosa. Ella tendría que haberse negado desde el principio, rechazar meterse en eso. Ahora es un poco tarde para echarse atrás.

—Arriba a la derecha pones...

Ella le interrumpe:

—Creo que ya he hecho esto bastantes veces, debería saber rellenarla yo solita.

Mientras escribe, le pregunta:

—¿Cuándo ocurrió exactamente?

—Anteayer por la noche. Ha sido una semana de locos. Hay demasiados elementos nuevos en esta historia, te lo contaré todo desde el principio para que lo entiendas bien.

—No podemos pasarnos toda la semana aquí.

Una vez lanzado no hay quien le pare. Digresiones incesantes. Su mente va demasiado rápida y en muchas direcciones. Sacude la cabeza.

—No, no, voy a ser breve y conciso, te lo aseguro, es importante. No quiero que te veas metida en esta mierda por mi culpa. Ahora lo principal es que le entregues esto a Noëlle.

Deja sobre la mesa un pasaporte y un grueso sobre marrón.

—Había quedado con ella el sábado trece de junio en el bar de la estación de Nancy. Hacia las cinco. Si no aparece, al día siguiente a la misma hora y en el mismo lugar. Ella cruza la frontera en bici y cuenta conmigo. Es superimportante.

Como todos sus asuntos: las cosas tienen la importancia que uno les da. Tiene un sentido de los valores y de los imperativos particulares de lo más preciso. Seguramente Noëlle no tiene necesidad de nada de esto, pero él ha decidido que es importante. Que también le atañe a ella.

Nadine firma la receta. Debería contarle a Francis lo que le ha pasado a ella. Eso podría afectar al diálogo. Decide explicárselo más tarde.

—Bajo corriendo a la farmacia —dice él. Y antes de salir—: Gracias por haber venido, me alegra verte. Poder hablar con alguien me ayudará a verlo todo más claro.

—Parece que el tipo de la recepción no está muy de acuerdo con que me quede a dormir aquí.

—Yo me encargo de eso. ¿Has visto? Hay una farmacia de guardia enfrente mismo del hotel.

—Ya la he visto. No me sorprende nada, eres de los que saben elegir hotel.

Él se sonríe y se marcha. Ella se tiende en la cama.

Nadine también está contenta de verlo, de repente se pregunta si no estranguló a Séverine solo para poder estar con él.

Ahora se siente atada a él, inexorablemente.

*Je sais qu'à la fin je resterai seule avec vous. Et j'attends ce moment.*

Debería haber pensado en comprar bebida.

Tarda en volver, y eso que la farmacia está ahí mismo. El speed le vendrá fenomenal, está reventada.

Tarda demasiado. Ella recoge sus cosas, también el sobre y el pasaporte… más tarde se sorprenderá de haberse acordado.

Seguro que está comiéndole el tarro al recepcionista. Es capaz de convencerle de que no solo no hay que pagar ningún suplemento, sino que por el mismo precio debería darles una suite.

Abajo no está, la recepción está vacía y la puerta principal abierta. Desde el umbral, lo ve salir de la farmacia retrocediendo y sin tocar el suelo. Detonación ensordecedora. El cráneo estalla en pedazos por el aire, un chorro enorme y oscuro en la noche. Una bala en la cabeza.

Se encienden luces en las ventanas y alguien se precipita sobre el cadáver. Ella sale camino de la estación, sin pensar. Es tremendo cómo se le remueven las tripas por dentro. Las piernas tampoco le aguantan. El miedo se materializa y rebota en su interior. Es una caja de resonancia, el eco va y viene amplificándose por el efecto Larsen. Piensa: «A esta hora ya no hay trenes». Es lo único que se le ocurre. Como una de esas canciones estúpidas que empiezas a canturrear y no consigues sacarte de encima. «A esta hora ya no hay trenes.» Se queda de pie ante la reja. «Ningún tren, es demasiado tarde.»

# 12

Manu ha tomado el tren para ir a casa de su madre, que está de vacaciones con su nuevo amante. Otro representante patético y gorrón. Un guaperas que apesta a aftershave barato, seguro que se pone violento cuando está bebido. Con la vida que lleva y la petarda a la que se tira, no debe de tener una borrachera muy alegre.

En el tren vomitó en el pasillo y luego se quedó dormida. La despertó el revisor. Un atronador dolor de cabeza, un auténtico calvario.

Recuerda vagamente lo ocurrido y por qué está allí. Pero se encuentra demasiado mal para pensar en nada.

En el piso vacío de su madre se da un baño, revuelve el botiquín en busca de aspirinas. Está lleno de calmantes, su madre los toma a montones. A veces incluso se pasa. Manu la recuerda cantando en voz baja delante de la tele, hablando sola y parándose en seco en medio de una habitación, incapaz de saber lo que iba a hacer. Al pensar en ella de ese modo, Manu tiene un destello de amarga ternura. Pero casi al instante se impone la irritación: si esa mujer fuera menos imbécil, no sería tan depresiva.

Al secarse, se mira en el espejo. Tiene muchas marcas en el cuerpo, la han zurrado más de lo que se imaginaba. Afortunadamente la cara está bien, excepto el labio, un poco hinchado. Una suerte que tenga la nariz intacta.

Se calienta un pastel de espinacas en el microondas, bebe grandes cuencos de café anegado en leche descremada.

Rompe la tapa de la caja que cogió en casa de Lakim. Tarda un buen rato en conseguirlo.

Los billetes están gastados pero cuidadosamente planchados. Una sombra de remordimiento aflora al imaginarse a Lakim llenándola noche tras noche. Después se pone a contar y sus escrúpulos desaparecen.

Algo más de treinta mil francos, suficiente para un buen fin de semana.

Manu rebusca un poco por la casa, encuentra una caja de Dinintel y se la guarda.

Se come el pastel, frío por dentro. Se da cuenta de que está jodida.

Sirenas de la poli. En un segundo tiene la espalda bañada en sudor caliente. Reflexiona a cien por hora. Imposible que vengan ya a buscarla.

Sin embargo, no está alucinando: hay follón en la calle. Apaga la luz y corre hasta la ventana.

Ha pasado algo en la farmacia. No hay manera de saber el qué, pero también hay jaleo un poco más allá. Policía, ambulancias… Desde su ventana no puede ver gran cosa.

Vuelve a sentarse. En el barrio ya saben que el farmacéutico está medio pirado. Pero hasta ahora no había hecho nada para que viniera la poli en plena noche.

Se le ha pasado el hambre. Este piso la deprime. Habla en voz alta:

—Yo no soy una mujer de casa. Soy una mujer de la calle y me voy a dar una vuelta.

Se asegura de que fuera todo esté más tranquilo y sale.

# 13

Delante de la estación, una chica apoyada en la pared mira fijamente al suelo. En la acera de enfrente, Manu escucha la música que sale de su walkman.

Tal vez su chico la ha dejado tirada y no sabe dónde dormir. O quizá solo quería hacer una visita nocturna a los suburbios. En cualquier caso, no parece temer por su pellejo.

Manu cruza la calle y se le planta delante. La chica le saca tres cabezas por lo menos y pesa el doble que ella. Tarda en darse cuenta de que alguien quiere hablarle. Apaga el walkman sin necesidad de mirarlo. Dice, en tono de disculpa:

—A esta hora no hay trenes.

—No. Aquí te tiras toda la noche.

—Ya, no hay trenes hasta mañana por la mañana.

—Vaya, tú sí que tienes conversación. ¿Adónde vas?

—A poder ser, a París.

Parece que la chica no tiene muy claro adónde va. A Manu le duele la cabeza, pregunta:

—¿Sabes conducir?

La otra contesta que sí.

—Pues si puedes conducir, yo tengo coche y quiero ir a París.

—Por mí bien, estupendo.

Lo dice sin convicción. Pero sigue a Manu hasta su casa, sin abrir boca en todo el camino. No parece muy espabilada. Veremos si es cierto que sabe conducir...

Manu le dice que espere en la cocina, le propone que se haga un café. Mientras tanto, recoge sus cosas.

Cuando grita «¡Vámonos!», la otra no contesta. Se ha puesto otra vez el walkman y Manu tiene que sacudirla por los hombros para devolverla a la realidad.

Saca el coche del garaje sin dificultades; Manu se tranquiliza en cuanto a sus aptitudes como conductora.

Circulan en silencio. La chica grande tiene unas ojeras que parecen trazadas con rotulador. Una cara bastante extraña. No del todo desagradable, más bien sorprendente.

Ojalá tenga los nervios de acero. La chica pequeña mira a un lado de la carretera, los árboles desfilan a toda velocidad y se despliegan como casas alargadas.

—¿Te esperan en París? —pregunta.

—No exactamente.

—Mejor, porque esta noche no llegas.

Manu saca la pipa, solo para que la otra la vea pero sin apuntarle con ella. Explica:

—Me he metido en un lío muy gordo y es una pena que te haya tocado a ti, pero necesito que me lleves a Bretaña. Allí puedes quedarte con el coche para regresar, nadie ha dado parte del robo. Incluso puedo pagarte el depósito para que vuelvas.

La chica grande no se inmuta. Sus ojos apenas se abren un poco más. O es una tía aventurera que está de vuelta de todo, o no entiende realmente lo que ocurre.

—¿A qué parte de Bretaña vas? —pregunta.

Educada, sosegadamente. Como si se hubieran conocido en una fiesta y al llevarla a su casa le preguntara en qué barrio vive. Manu masculla:

—No sé dónde voy, quiero ver el mar.

Le va bien que la chica grande se lo tome así porque Manu no tiene ningunas ganas de viajar con una tía demasiado emocional. Le duele demasiado la cabeza.

—Ya lo veremos por el camino —añade—. Lo único que quiero que comprendas es que, si me jodes, no serás la primera a quien le vuelo hoy la tapa de los sesos.

Lo ha dicho para dejar las cosas bien claras y para poner a prueba a la chica grande. Esta se sonríe. Manu mira la carretera. No se lo puede creer.

# SEGUNDA PARTE

Sombras locas, acudid al cabo de vuestros deseos,
jamás lograréis saciar vuestra furia.

¡Lejos de los pueblos vivientes, errantes, condenados,
a través de los desiertos, acudid como los lobos,
cumplid vuestro destino, almas desordenadas,
y huid del infinito que lleváis en vosotras!

CHARLES B.

Una furia de impotencia hacía temblar su dedo
sobre el gatillo.

JAMES E.

# 1

El café le ha sentado bien. Nadine sujeta el volante con una mano, se estira mientras conduce. Pone una cinta en el radiocasete: *Lean on me or at least rely.*

La pequeña pelirroja la vigila, boquiabierta. Frunce la nariz con gesto de perplejidad pero no hace ningún comentario. Gruñe cuando Nadine sube el volumen pero no le pide que lo baje. Tiene una fea herida en el labio derecho, todavía no ha hecho costra.

Se muestra recelosa en cada desvío de la autopista, parece temer que Nadine la lleve a donde no quiere ir.

Nadine nunca ha visto a nadie que tenga tan malos modales y que hable tan mal. Más que sorprenderse o asustarse, le ha divertido ver que sacaba una pistola. La sostiene de cualquier manera, sus uñas comidas y cubiertas de esmalte desportillado manchan la culata de rojo. Tiene los dedos pequeños, regordetes y amarilleados por el tabaco.

Nadine no se siente amenazada. Se alegra de que alguien la haya tomado a su cargo. No tiene ganas de desobedecer, está mejor en este coche que sola en la estación.

Y, además, ir a Bretaña no está mal.

Desde que se montaron en el coche, Nadine tiene la sensación de haber visto antes a la chica pequeña. Pero no consigue concentrarse para intentar averiguar de dónde le viene esa impresión.

Se acuerda por fin cuando la chica pequeña saca un pintalabios del bolso y se embadurna la boca, inclinada hacia el retrovisor. El gesto pone en funcionamiento la memoria de Nadine:

—Sabía que te había visto. En una peli, con perros.

—Y un caballo, sí. No te olvides del caballo, sería una lástima. ¿Y cómo es que has visto eso?

—Me acuerdo muy bien por la escena con el campesino. Le gritas que la tiene flácida y que siempre sucede lo mismo con esos capullos que van de duros, y no cortaron la escena. Por eso se me quedó grabado.

—Te he preguntado que dónde la viste. ¿A tu novio le va ese rollo?

—No tengo novio, ese rollo me va a mí.

—Un punto a tu favor.

—Estás perfecta en la peli. Aparte de ese trozo antológico, por lo demás estás fabulosa.

—Yo debería haberme convertido en una artista del porno duro, tú eres la primera persona que me lo reconoce. Otro punto a tu favor.

—¿Has rodado muchas pelis?

—No muchas. La que viste es de las mejores. Yo quería que la titularan *Dog knows best* y me mandaron a la mierda. Los pirados del porno son deprimentes. Por eso he hecho pocas pelis, no nos entendemos bien.

Nadine le tiende la mano, sin quitar la vista de la carretera.

—Mucho gusto, de verdad.

Sonríe abiertamente por primera vez y Manu encuentra que la favorece. Estrecha la mano tendida.

No sabe muy bien a qué atenerse con esa chica. Se hurga los dientes mientras lo piensa, traga ruidosamente y grita:

—Joder, ¡qué sed tengo! Paremos. Necesito reponerme, tengo que tomar un café.

—Hay una gasolinera muy cerca. He visto el cartel.

—Excelente noticia. Pero no creo que te interese causarme problemas cuando estemos allí.

—No tengo ningún interés. Puedes creerme. También habría que pensar en poner gasolina.

Manu renuncia a pensar cualquier cosa sobre la chica. Al parecer, se lo pasa bien conduciendo hasta el mar. La chica pequeña mira su pistola, suspira y la guarda.

Saca la caja de Dinintel para ver cuántas quedan.

—No es que desconfíe, pero no me gustaría dormirme. Hay suficientes para las dos si te apetece.

Nadine se queda mirando la caja de anfetaminas un buen rato. Parece realmente emocionada. Manu se pregunta con quién coño se las está viendo. Al mismo tiempo, la chica grande le cae bien, no molesta y demuestra tener buen gusto. Nadine asiente y dice que también tomará una, añade que prefiere esperar a que compren agua. Manu se traga varias de golpe y explica:

—Yo no necesito beber para engullirlas: salivo a tope. Es muy práctico también para las mamadas.

Nadine la oye desde lejos. Rememora la imagen de Francis con la cabeza reventada en medio de la noche.

La presencia de la chica pequeña a su lado perturba la proyección interior, le impide tomárselo demasiado mal. Repite sin prestar atención a lo que dice:

—Estoy encantada de conocerte, de verdad.

Manu pone mala cara.

—¿Siempre eres así o es que hoy has sufrido un shock mortal? Tienes que reponerte, gorda, no me llevo bien con los retrasados mentales.

# 2

Gasolinera, luz blanca en plena cabeza, colores que les golpean en la pupila. Algunos clientes deambulan entre las estanterías y en torno a la máquina de café.

Servicios gris metalizado excesivamente limpios, mujeres que se retocan el maquillaje ante el espejo. Otra está cambiando a un bebé.

Nadine se mira en la máquina de secarse las manos. Le deforma la cara y le da aires de monstruo descarriado y sonriente.

Antes de bajar del coche, Manu se ha metido un puñado de billetes en el bolsillo. Deambula entre los pasillos y coge un poco de todo. Bocadillos, chocolate, whisky, refrescos.

Cuando ve a Nadine salir de los lavabos, le pregunta si quiere algo, chilla a pesar del silencio reinante.

La chica grande le dice por señas que no necesita nada. Manu insiste:

—Ven a ver esto, *Anal y Esperma*. La cubierta está superbién. Estilo gore.

Nadine se acerca, fotonovelas recubiertas de celofán con una etiqueta enorme para tapar la polla de la portada. Es verdad que la tipografía es divertida, la chica pequeña le arranca la revista de las manos y va hacia la caja.

Deja todo lo que lleva sobre el mostrador. Luego se saca unas tabletas de chocolate de debajo del jersey y declara con desenfado:

—Un reflejo estúpido: tengo para pagar.

Vuelven al coche. Nadine cambia la cinta: *So unreal now how I lie and try to deny the things that I feel*. Antes de darle al contacto, arranca el celofán de las revistas mientras Manu clasifica las vituallas en pilas sobre el asiento trasero.

En la primera foto, una rubia con el pelo muy largo está a horcajadas sobre un taburete de bar y mantiene las nalgas muy abiertas para que un tipo trajeado se la trabaje por detrás. Un colega los mira mientras lo hacen, espera claramente su turno.

En la segunda foto, primer plano de ano arrugado y distendido por una polla.

Hojea rápidamente el resto de la revista. Doble penetración sobre una mesa de billar. La chica lleva tacones de aguja negros altísimos, una cadena en el tobillo. El sexo completamente depilado, un piercing en el clítoris. Es realmente atractiva. Por lo menos, Nadine se queda muy impresionada.

Manu se encarga de llenar el depósito, entra en el coche.

—Entonces ¿está bien?

—La chica es fabulosa, desde luego reinventa la mamada.

—Vale. Ya lo verás más tarde, no vamos a pasarnos aquí toda la noche.

Salen del aparcamiento. Manu se vuelve una y otra vez para pescar algo de comer del asiento de atrás. Habla la mayor parte del tiempo con la boca llena:

—Joder, es cojonudo no tener que contar la pasta, es la hostia, se disfruta mucho más.

Abre todos los paquetes, ensucia todo el coche, se llena la boca, mezcla dulce y salado. Hay cierta constancia en su desenfreno. Se excede sistemáticamente: demasiado ruido, demasiada excitación, demasiada vulgaridad. Parece tener práctica y ser capaz de aguantar ese ritmo un buen rato.

Comparte los Dinintel. En cuanto empiezan a hacer efecto, no para de hablar.

Nadine sonríe mientras la escucha, en general la encuentra muy sensata.

Circulan en dirección a Brest. Manu ha decidido destino. Preguntó «¿Te parece bien, gorda?», y Nadine asintió con entusiasmo.

Llegan a la población antes de que abran los bares. Buscan la playa, se pierden y la encuentran de casualidad.

Manu chilla a pleno pulmón:

—Joder, ¡qué guapo!

Se lanza a un baile extraño, entre pogo y swing, aullando a voz en cuello: «Aire yodado, esto es lo que me hacía falta». Hace movimientos circulares con los brazos, sacude la cabeza. Demostración de alegría.

Sentada algo más lejos, Nadine la observa.

Manu viene a sentarse a su lado.

—Y ahora, propongo que en cuanto esos capullos abran sus bares desayunemos a lo grande. Luego tengo que dormir, me pillaré una habitación. ¿Tú qué piensas hacer?

Nadine se encoge de hombros, mira el mar buscando una respuesta. Es el primer momento incómodo en varias horas.

—No sé. Desayunaré contigo.

Le recuerda los fines de fiesta, cuando tiene ganas de marcharse con un chico pero no se atreve a decírselo abiertamente.

Está a gusto con la chica pequeña, no tiene que preocuparse de nada. Pero le da vergüenza decirle francamente que le gustaría quedarse con ella. Porque la chica pequeña parece saber adónde va y no necesitar a nadie para pasárselo bien.

Manu escupe a un lado.

—Pues vente conmigo al hotel. No sé cómo lo ves tú, pero creo que sería una lástima dejarlo ahora que las cosas nos van tan bien.

Esta vez, todo ocurrirá tal como quiere Nadine. No tendrá que contentarse con lo que le pase ni morderse la lengua para no quejarse.

Por una vez, todo ocurrirá de forma muy sencilla: no hay razón para que lo dejen ahora que las cosas les van tan bien.

# 3

Dan tumbos por la ciudad en busca de un hotel que le guste a Manu.

—Podemos permitirnos dormir en algún lugar con clase, sería una pena no aprovecharlo.

Finalmente, irrumpe aparatosamente en la recepción de un hotel de tres estrellas, explica que quiere «cuartos que estén pegados, con duchas de la hostia y tele», sin dejar de rascarse la barriga a través de la camiseta. Nadine se queda atrás, incómoda y divertida. Cogen una habitación con dos camas, porque es lo único que les queda. A Nadine ya le va bien, no tenía ganas de quedarse sola.

Se tumba en la cama mientras Manu inspecciona la habitación. Se pone el walkman y se duerme al poco rato.

*The words don't fit, I feel like I can't speak, things are looking bleak, please go easy on me, I don't know what's wrong with me, please be gentle with me, take it easy, take it easy.*

Duermen hasta la noche. Sueño profundo posterior al speed. Manu despierta a la otra gritando desde la bañera:

—Joder, ¡qué lugar más guapo! No me lo puedo creer, la bañera es mejor que una piscina y hace un montón de espuma. Aunque apesta un poco. No pensarás quedarte durmiendo ahí hasta mañana, ¿no?

Nadine necesita unos segundos para espabilar y recordarlo todo.

La chica pequeña baja a comprar bebida, vuelve con dos botellas de Jack en cajas negras. Llena el vaso del baño, lo pone en equilibrio sobre el radiador para abrir la puerta acristalada.

Nadine sale de la ducha y en ese momento se vuelca el vaso. Se encoge de hombros y declara sabiamente:

—Hay que tener cuidado con el Jack, Manu, mucho cuidado.

Se tiende bocabajo en la cama mientras la chica pequeña seca el bourbon con la camiseta. Luego refunfuña:

—Yo no soy la chacha aquí.

Deja su tarea, se gira hacia Nadine y se queda boquiabierta un instante.

—Sabes, Nadine, te estoy viendo la espalda desde aquí.

Nadine se da la vuelta, se echa el pelo hacia atrás, sonríe bobamente y se larga a la terraza.

La otra la sigue, sujetando la botella contra sus pequeñas tetas. Lleva un sujetador verde oscuro que le sube el pecho, algo bastante sorprendente, con algunas costuras doradas.

Vocifera:

—No quiero darte el coñazo, pero está claro que no es nada fácil hablar contigo. ¿Qué tienes en la espalda, gorda, es que no te has portado bien?

Nadine se pasa la mano por la espalda sin contestar. Siente al tacto unas protuberancias enormes, unos relieves sinuosos y duros. Manu se acerca y pregunta si puede verlo más de cerca.

Levanta la camiseta hasta los hombros, observa la cosa un rato. Nadine se deja examinar en silencio.

Trazos oscuros le salpican toda la espalda, como un fresco rabiosamente tachado. Inquietantes jeroglíficos desatados sobre la carne.

Manu suspira, deja caer la camiseta y comenta:

—Me cuesta comprenderlo. Pero es bastante bonito, total, parece arte abstracto. ¿Cómo te lo hicieron?

—Con una fusta.

—Muy estiloso, desde luego.

Le pasa la botella a Nadine e insiste:

—Ya veo que no quieres hablar, pero me gustaría saber un poco más. Es algo que no entiendo, tendrías que ampliar mi campo de comprensión. Esas mierdas son cosas de pervertidos, no me habías dicho que necesitabas que te pegaran.

—No necesito que me peguen, me pagan por ello.

—Creo haber oído hablar de chicas a las que les pagan por tener sexo sin que las zurren. ¿Cómo te metiste en eso?

—Un día, como «por casualidad», te topas con un cliente que prefiere atarte. Luego, solo «para ver el efecto», diversificas las experiencias. Con el tiempo, te vas metiendo en el rollo. De pequeña solía imaginarme fuertemente maniatada sobre una mesa de bar, con el culo bien abierto y muchos señores a los que no podía ver la cara y que me hacían cosas de lo más desconcertantes. Y muy degradantes. Y muy agradables.

—Todas tenemos sueños de niñas, es normal. Pero no deja de ser un pasatiempo para ricachones ociosos, una sensación barata.

—¿Qué quieres que te diga? Claro que, a la larga, resulta decepcionante.

—Lo dices, pero estoy segura de que te meas de gusto cada vez que un capullo de esos te insulta; ahora que me lo cuentas, no me sorprende nada viniendo de ti.

—Es decepcionante por culpa del patrón que se establece, sales de un consenso y acabas cayendo en otro. No hay ningún desarreglo, no hay un auténtico descontrol.

—Vale: tú soñabas con que te arrancaban la cabeza con una motosierra y esos gilipollas apenas son capaces de lastimarte la espalda. Debe de ser frustrante.

Nadine sonríe. Busca las palabras para expresarse, duda antes de cada frase. Se da cuenta de que no tiene costumbre de hacer esfuerzos para explicarse. Hasta ahora nunca le había importado.

La chica pequeña insiste:

—Cuéntame los detalles. Por ejemplo, ¿cómo te hicieron eso?

—Era un tipo pequeño, con gafas enormes, un reloj de la hostia. También tenía una polla enorme, no monstruosa en sí misma, pero francamente desproporcionada en relación con su estatura.

Nadine se interrumpe. Se esfuerza por recordar cómo hizo de puta para él. De pie en medio del salón, estaba de espaldas a él. El tipo le dijo que se inclinara, que se inclinara más, para verla bien. Nadine no podía ver lo que hacía detrás de ella. Le inmovilizó las manos atándoselas a la espalda; la utilizó a su antojo, se sirvió de su boca todo el tiempo que quiso, jugó con su culo y gorjeó de satisfacción al oírla chillar. Plenos poderes sobre ella hasta hacerla aullar y suplicar que parara cuando empezó a pegarle. Su brazo se alzaba y caía, inexorable. Ella no podía hacer nada para evitarlo. Estaba a su merced.

A veces dejaba de pegar, le hablaba suavemente, la acariciaba como cuando calmas a una perra enferma, la tranquilizaba. Y vuelta a empezar.

La razón se rebela y el cuerpo prisionero se ve obligado a aguantar. Ella le lamía las manos cuando paraba, en señal de agradecimiento. Porque a ella le encantaba, le lamía el glande mientras él se la machacaba a unos centímetros de su boca, esperaba reverentemente a que la salpicara de leche. Había suplicado y gemido para que le diera por el culo, había implorado que lo hiciera.

Este tipo de prácticas. Tan grotescas y fuera de lugar justo ahora que quiere hablar de ello. Incongruentes. Nadine sonríe a la chica pequeña en señal de impotencia, se disculpa:

—Imposible contártelo.

—Es lo que yo digo: bloqueada hasta el culo. Por eso te gusta y por eso no puedes contármelo. ¿Dónde trabajabas?

—Conseguía clientes por Minitel.

—¡Qué patético! Eso es para colgados.

—¿Manu?

—¿Sí?

—La botella de Jack, apúrala hasta el fondo, voy a contarte toda mi mierda.

# 4

Sol aplastante en la terraza, leen el periódico en silencio. Artículos sobre «un inspector de policía brutalmente asesinado en su domicilio, su compañera tendida a su lado», así como unas líneas sobre «un ajuste de cuentas entre gángsters de poca monta». A Manu le sorprende que aún no hayan atado cabos. Está de buen humor, visiblemente satisfecha de haber hecho correr un poco de tinta.

Aperitivo prolongado, ya están bastante puestas cuando se instalan al fondo de un restaurante poco concurrido. Se pulen tres botellas de tinto, no queda nadie en las mesas de alrededor. Manu le toca el brazo al camarero con cualquier pretexto, disfruta poniéndolo incómodo. Conforme pasan las horas, lo retiene cada vez más enérgicamente, le habla a centímetros de la boca. Esboza una sonrisa malévola cuando intenta largarse.

Tiene siempre un vaso en la mano y a menudo interrumpe sus declaraciones para llevárselo a la boca.

—Soy bastante penosa, la verdad. En las pelis, los tíos siempre tienen una frase formidable en el momento de disparar. ¿Sabes lo que te digo?

—No, nunca veo películas.

—¿Nunca vas al cine? ¿No ves la tele?

—No. Solo películas porno. El resto me aburre. Vi *Lo que el viento se llevó* de pequeña, no creo haber visto otra peli entera.

–¿Y cómo quieres que podamos hablar entonces...?

Agarra al camarero al vuelo, pide otra botella y acto seguido comenta:

–Joder, tres en un día, eso sí que es entrar por la puerta grande, tenemos que festejarlo como Dios manda.

Nadine sonríe y enciende un pitillo.

–Resulta cuando menos sorprendente que nos conociéramos el mismo día precisamente.

–No es nada sorprendente, era ese día o nunca.

–Podría verse así. Para mí siempre es igual, no me siento nunca como debería, y nunca presto atención a las cosas que importan... Por ejemplo, esta noche no es momento para sentirme bien. Y me siento estupendamente bien. No tengo la emoción adecuada.

–Yo también me siento bien, no veo lo que tiene de inadecuado. Tal vez podamos divertirnos un poco... ¿Tienes idea de lo que vas a hacer tú? Podríamos aprovechar que tenemos algo de pasta para hacer un viaje.

–No me apetece ir a ningún sitio. Y tengo que estar en Nancy el 13, se lo prometí a Francis.

–Se me había olvidado por completo. Tienes razón, no puedes traicionar la promesa hecha a un tío que filtra el speed para tomárselo puro. Te propongo que sigamos juntas hasta entonces, a menos que prefieras...

–Sigamos juntas, para mí será un verdadero placer.

–Perfecto. Llamemos a ese camarero para que nos ponga un whisky, tenemos que brindar...

Manu gesticula y lo llama. Como no viene al momento, se levanta y va a pedir a la barra. Al pasar se va chocando con las mesas. Luego vuelve, se derrumba en la silla y pregunta:

–¿Y esa tía por qué cruza la frontera en bici?

–No lo sé muy bien, tuvo que largarse por una historia relacionada con ácidos, le habían enviado un centenar de tripis por correo. Que nunca llegaron a su destino. Y la poli se pasó por su casa una mañana en que ella no estaba, un golpe de suerte. Se las piró ese mismo día, y ahora tengo que entregarle un pasaporte y un sobre. Tipo carta de recomendación y deseos de que le vaya bien. La tía parece legal, ya la había visto varias veces, muy buena pinta…

—Debe de ser un coñazo tener que huir, nunca puedes dormir tranquila.

—Seguro que dentro de poco tendremos una opinión al respecto.

—A partir de ahora tenemos que estar siempre colocadas, beber a tope. Y pillar maromos. Cuanto más follas, menos vueltas le das al coco y duermes mejor. Por cierto, ¿qué te parece si esta noche nos llevamos a un tío a la habitación? Por si nos trincan antes de lo previsto, más vale no bromear con eso. No quisiera acabar en chirona sin haberme hartado de follar… Me pillaré un surfista rubio, le clavaré la pistola en la sien y haré que me lama el clitorís mientras yo veo un videoclís.

Manu encuentra la rima satisfactoria y la repite en todos los tonos. Nadine la interrumpe:

—Yo prefiero que el tío consienta.

—Tú eres diferente: a ti lo que te interesa es mamarle el cañón. Es otra opción. Pero en realidad lo decía por decir, solo por hablar. No me gustan los surfistas. Por cierto, en el Minitel, ¿qué ponías en el currículum?

—Jovencita sobornable pero muy dócil busca señor severo.

—Vale… Con eso solo podías pillar a tipos fascinantes. ¿Vamos?

Nadine pide la cuenta. El camarero le está agradecido desde el principio porque cree que ella modera los ardores de la chica pequeña y puede confiar en que lo defenderá en una salida de tono demasiado virulenta.

Ella rellena el cheque, piensa en Séverine y reflexiona en voz alta:

—Me pregunto si alguien la habrá descubierto. Me pregunto si a alguien le importará un carajo.

# 5

Sentadas en la barra de un bar iluminado de un azul verdoso, repasan a los tíos que entran, a la caza descarada del macho.

Manu no tarda en restregarse contra un jovencito que lleva pantalones de talle bajo y una camiseta sin mangas que deja ver los hombros. Sus músculos redondeados dan ganas de acariciarlos con la mano, de sentirlos con la lengua. El tipo sonríe mientras ella le suelta su rollo, parece un poco despistado y dócil, permite el acercamiento y se deja tocar sin perder la sonrisa. Nada preocupante.

Nadine escucha al chico que la sujeta por la cintura y le cuenta su viaje a Tailandia. Ha regresado a Francia un tiempo para ganar algo de dinero y volver a marcharse. Está satisfecho de sí mismo, se cree un tío bueno, se mueve con desenvoltura y hace guiños a diestro y siniestro. Está acostumbrado a gustar a las chicas. Ella le mira las manos mientras habla, piensa: «Esos dedos no tardarán en tocarme por debajo del vientre, me abrirán la vulva para hurgar hasta el fondo». A lo largo del antebrazo le sobresalen venas enormes. La besa en el cuello, con la ternura del tipo curtido. Lo desea de verdad, solo le molesta que hable tanto. Tira a Manu de la manga, le dice que quiere volver al hotel. Salen los cuatro.

Por el camino, Nadine vuelve a pensar en las fotos de las revistas que compraron en la gasolinera. Cómo la chica se pone a horcajadas sobre el taburete y se deja penetrar por el culo y por la boca por dos tipos trajeado. Se pregunta qué pasará cuando lleguen a la habitación. Observa a Manu de reojo. La chica pequeña sigue siendo la misma de siempre: desaliñada y deslenguada. A su lado el chico de pelo castaño la escucha atentamente, como si la creyera capaz de decir cosas cruciales y justas.

El que camina con Nadine le murmura al oído, muy divertido y cómplice: «¡Menuda pieza, tu amiga!». Si este chico dejara de hablar, los prolegómenos del polvo serían más llevaderos.

Nadine le acaricia el cuello bajo la camiseta, le recorre con la punta de la uña toda la columna vertebral.

En el hotel, parejas acostadas una junto a otra.

Como todo buen iniciado, el chico que se mueve encima de Nadine pregunta:

—¿Hacéis a menudo *ménage à quatre*?

Ella contesta:

—Sí, pero si te fijas bien, verás que esta noche no tiene nada de *ménage à quatre*.

Lo besa en la boca, le saca la polla y él se la mete hasta el fondo, ni siquiera tiene que ayudarse con la mano. Buena acometida. La trabaja lentamente, bombea respirando muy fuerte, ella se agarra los muslos para abrirse mejor, para que pueda entrar más adentro, lo rodea con las piernas cuando él acelera el movimiento. Palpitaciones al fondo de su vientre, ha eyaculado. No se retira al momento, ella se mueve suavemente de arriba abajo, buscando la gran oleada. Golpe de cadera y siente bascular su interior, el vientre desatado y calmado desde los tobillos hasta los hombros. Bien follada. Se aparta de él, se tumba de espaldas.

Nadine gira la cabeza hacia la cama vecina. Manu cabalga a su pequeño compañero, se ondula y casi canturrea, se zarandea suave y graciosamente, empalándose a conciencia. Parece otra. Al verla Nadine piensa «Está ahuyentando el mal», parece una ceremonia de exorcismo. El chico le acaricia los pechos y la deja hacer. Manu entrelaza las manos detrás de su nuca y retuerce la boca con muecas de sollozo, las manos del chico la atraen bruscamente hacia él. La escena es en un extraño blanco y negro, colores nocturnos.

El chico se libera del abrazo y la tumba bocarriba. Manu guía la cabeza de él entre sus muslos. Su mirada se encuentra con la de Nadine. Dos grandes ojos serenos y atentos.

Más tarde, el chico con quien ha follado Nadine se levanta, se sirve una copa, se estira y, con aire cómplice y liberado, propone:

—Lo que sería divertido, chicas, es jugar una partida al sesenta y nueve.

Sentado en el borde de la cama, el chico de Manu enciende un pitillo, como si no lo hubiera oído, y finge no ver la sonrisa de connivencia que el otro le dirige. Manu contesta:

—No me apetece nada divertirte. En realidad, lo que quiero es que te largues. Ahora mismo, un problema de olor. Apestas a mierda, imbécil, es insoportable.

Mientras habla se gira hacia Nadine, como pidiéndole permiso para echarlo. También él mira a Nadine, espera que intervenga. Con todo lo que acaba de meterle y el entusiasmo que ha demostrado, espera que lo defienda. Nadine se encoge de hombros. Preferiría no despertarse a su lado por la mañana, pero tampoco se va a comer mucho el tarro. Que se aclaren entre ellos; por lo que a ella respecta, ha recibido una buena embestida y lo único que quiere ahora es dormir.

Él vacila un momento. Manu comenta:

—Por lo menos, pedazo de imbécil, te habrán dejado descolocado una vez esta noche, no habrás venido en vano.

Se muestra sarcástica y divertida. Él, con aire de gran señor, se viste rápidamente y se larga sin decir palabra.

Nadine agarra la botella y declara:

—El golpe de riñones ha sido convincente, la verdad.

Manu sacude la cabeza y aprueba:

—Parecía apañárselas bastante bien. Pero eso no es motivo para ponerse pesado.

El chico que queda no hace ningún comentario, como si todo fuera perfectamente normal. Cuando Manu se gira para arrodillarse entre sus piernas y metérsela en la boca, él juguetea con su pelo, parece disfrutar pensando en otra cosa. Luego levanta la cabeza y sonríe a Nadine, que se duerme mirándolos.

Más tarde esa noche, él la despierta trazando dibujos sobre su espalda con la punta de los dedos. La recorre un escalofrío hasta los tobillos, no tiene tiempo para recapacitar, siente su lengua muy pequeña en la boca. Deliciosa y ágil. Su cuerpo grácil como el de un niño, su sexo caliente y tranquilizador cuando la penetra. Ella le agradece infinitamente que sea como es, él la estrecha más fuerte entre sus brazos cuando ella murmura: «Me haces sentir tan bien, de verdad». Querría llorar contra su pecho.

Cuando despierta por la mañana, ya no está. Se siente fatal, ayer bebió demasiado. Bebe directamente del grifo toda el agua que puede engullir. Manu hace un ruido increíble durmiendo atravesada en la cama, con la boca muy abierta. Nadine coge su walkman y baja a dar una vuelta. *Touch me, I'm sick.* Da varias vueltas a la manzana, bebe zumo de naranja, sentada en un banco. Hace buen tiempo, un sol resplandeciente. *If I think, I'll think of you. If I dream, I'll dream of you. I open my eyes but they cannot see.* Ve de nuevo a Francis salir disparado hacia atrás, se le hace un nudo en la garganta. Vuelve al hotel y despierta a Manu.

# 6

—Resulta bastante desagradable: ni siquiera sabemos si nos están buscando.

—No hay que olvidar que los polis son básicamente estúpidos.

—Tampoco hay que olvidar que ellos hacen su trabajo y que nosotras no hemos sido muy precavidas que digamos.

—De todas formas, debemos cambiar de coche. Mi madre está a punto de regresar y denunciará el robo. Sería una estupidez que nos cogieran por un robo de poca monta. Y después hay que conseguir pasta. Tengo el bolso casi vacío. Joder, no me puedo creer lo rápido que nos hemos fundido la pasta del pobre tío. Hay que decir que ha sido la hostia: no nos hemos privado de casi nada. Esto cambia un poco las cosas, lo cambia todo.

Esta mañana se han marchado y han llegado hasta Quimper, han alquilado una habitación inmensa con ventanas hasta el techo. Manu paga al contado sacando los billetes a puñados de su bolso. Nadine ha pedido papel de carta al recepcionista, se ha sentado con las piernas cruzadas sobre la cama para reflexionar. Sobre lo que la gente en su situación debe hacer y lo que no. Al final, dibuja círculos y triángulos de todos los tamaños, repasa las líneas varias veces.

Sentada en la ventana, los pies colgando en el vacío, Manu tiene la botella de Jack Da a su lado. Come Bountys y vigila la calle. Braguitas de satén rojo con puntilla negra, estilo Salvaje Oeste. No pierde la ocasión de meterse con los transeúntes.

—Eh, imbécil, no te muevas, te tengo echado el ojo. Sí, tú, no te hagas el tonto.

Se ríe sola. Nadine se levanta para llenarse el vaso. En la habitación de al lado, un tío está de bronca con su novia. Nadine pregunta:

—¿Cómo conseguiremos la pasta?

—A lo bestia. Haremos correr la sangre a raudales. Daremos el gran espectáculo, montaremos disturbios en todos los pueblos de la zona. Atracaremos tiendas, a las viejitas...

—¿Y tienes alguna idea de por dónde empezar?

—Pues claro que no. ¿Cómo voy a saber mejor que tú lo que hay que hacer para conseguir pasta? Demos una vuelta por ahí y ya veremos. Te comes demasiado el coco, no vale la pena intentar prever las cosas; de todas formas, nada sale nunca como estaba previsto. Control cero. Sigamos el instinto, confiemos en la suerte. Yo al menos lo veo así.

Nadine se encoge de hombros.

—Tengo que comprar pilas para el walkman.

—Y yo maquinillas para afeitarme las piernas. Ves, ya tenemos proyectos de futuro. ¿Me pones el decolorante?

Manu está sentada en una silla, de cara a la pared. Come un Mars, mastica con la boca abierta, traga ruidosamente. De pie detrás de ella, Nadine aplica la decoloración. La chica pequeña tiene el cabello extremadamente fino, en algunas zonas se le ve el cráneo. Le acaricia la cabeza mientras distribuye la blanca espuma, le gusta tocarla. Procura ser suave, la masajea con cuidado. Le gustaría hacérselo bien. Manu grita:

—¿Te apetece hacer algo especial? ¿Algo que no te perderías por nada del mundo antes de diñarla?

Nadine reflexiona un buen rato, contesta:

—Sexo con un travesti, eso me gustaría. Aunque tampoco es que me enloquezca la idea.

—En la silla eléctrica seguro que apreciarán la extrema delicadeza de tus últimas voluntades. Yo me ligaría a un chico como el de ayer. Risueño, con la polla bien limpia, comprensivo y sosegado.

Abre una caja de Smarties.

—¡Puta decoloración, qué peste, es increíble! ¡Menuda porquería! Además, al verme rubia, seguro que me toman por una cajera.

Más tarde, Manu se afeita las piernas con una Bic amarilla que ha encontrado entre sus cosas. Nadine, estirada en la cama, quema las sábanas con el pitillo.

—No deja de ser curioso: un pobre farmacéutico dispara contra un tipo con el pretexto de que es un drogata. Y como ese tipo es sospechoso de asesinato, nadie mueve un dedo. Carecen de toda lógica.

—Lo que quieres decir es que está jodidamente mal organizado. Basta con apartarse un poco del camino, con cargarse a alguien, para que todos se te echen encima. Francamente, no nos preocupemos más por eso, deberías abrir una botella. Es evidente que no estás lo bastante colocada y, de golpe, te parece que todo va mal.

Nadine apaga el pitillo en la moqueta frambuesa, extraño color para un suelo, es como vivir dentro de unos dibujos animados. Se levanta y se mira en el espejo. Su reflejo le devuelve una pinta absurda, el pelo rojizo. Una vieja hippy hinchada. Se revienta las espinillas que tiene en las aletas de la nariz, brotan en tropel, como pequeños muelles blancos. En el espejo, observa cómo Manu se afeita la parte superior del sexo. Para dejar solo una línea por encima de los labios. Por encima está ligeramente torcida. Dice:

—Así queda ridículo.

—No te enteras. Queda superguay, da un toque de mujer moderna.

Nadine se queda mirando la bañera un buen rato. Dice:

—De todas formas, se estaba buscando la bala.

—Mierda de maquinilla, me he cortado por todas partes, yo alucino. Joder…

—Una pena, de verdad, una auténtica pena. Seguro que si lo hubieras conocido te habría caído bien.

—Por lo visto, no tendré ese placer. No nos vamos a pasar aquí todo el día, no tenemos bebida. Salgamos a ver mundo.

—Entonces ¿qué hacemos?

—Atracamos a la buena de Dios y dejamos que el *dark side of our soul* se exprese a sus anchas… Ni idea de lo que vamos a hacer. Pero por lo que a ti respecta, puedes empezar a dejar de darme el coñazo preguntando qué vamos a hacer cada diez minutos. No estamos de colonias, métetelo ya en la cabeza.

# 7

Están fumando un pitillo bajo un porche. En la acera de enfrente hay un cajero automático. Varias personas hacen cola para sacar dinero. Manu escupe a un lado.

—No sé a qué esperamos; le toca al próximo.

El próximo es una señora cuarentona, estupendamente conservada. Traje chaqueta azul marino bien cortado, la falda justo por encima de la rodilla. Impecable. El cabello hábilmente recogido en un moño deja al descubierto la nuca rígida y fina. Le tiembla el tobillo, solo un poco, sostenido por el tacón.

Manu se pone detrás de ella, tarjeta en mano, como si esperara su turno. La mujer tiene los dedos cortos y enrojecidos. A pesar de su manicura perfecta, la mano delata a la burda campesina.

Nadine no puede vigilar porque es demasiado miope para leer el número; espera un poco más lejos.

Siguen los pasos de la mujer, el culo algo pesado se contonea graciosamente bajo la falda. Después de asegurarse mínimamente de que nadie las mira, Nadine agarra a la mujer del pelo, le tira de la cabeza hacia atrás y la obliga a entrar en un callejón. La señora apenas se resiste, no ha tenido tiempo de comprender qué está ocurriendo. La piel de su cara es parecida a un tejido delicado. La mujer reacciona, protesta y forcejea. Nadine nota cómo el cuerpo se resiste y la golpea en la cadera, su perfume es mareante. No le cuesta dominarla porque los movimientos de resistencia de la mujer son desordenados y débiles. De pronto la desprecia por ser incapaz de defenderse y por hacer tanto ruido, siente que la invade el ruin placer de hacer daño. Le agarra la cabeza con las dos manos y la estampa contra la pared, tan fuerte como puede y repetidas veces. Hasta que Manu la coge por los hombros, le clava el cañón bajo la mandíbula y dispara sin vacilar. Nadine recoge el bolso de piel marrón y lo revuelve todo hasta dar con la tarjeta y el monedero. Se marchan.

Una vez en la calle, Nadine siente que el miedo se extiende por su garganta y sus brazos. Hasta ese momento no ha pensado, sus gestos han ido por su cuenta, automáticos. Gestos extraños, de una eficacia pavorosa. Automáticos.

Ha registrado todos los detalles. Le vienen a la mente conforme caminan. Los ojos de la mujer se niegan a creer lo que está ocurriendo, sus ojos abiertos de par en par dicen: «Esto no puede estar pasando». Se debaten y escrutan para comprender. Los cabellos de la señora son sedosos y perfumados, el moño se deshace cuando tira de ella para que avance. El cañón negro y brillante se acerca a la nítida línea del mentón, la garganta ofrecida, las manos de la mujer se mueven a tientas, se protegen torpemente, intentan liberarse. La increíble detonación. Cambio de plano. Los ojos intactos destacan entre la carnicería de la cara, la sangre brota abundante, empapa la tela del traje bien cortado. Los cabellos despeinados y manchados, las piernas dobladas de cualquier manera.

Tras la formidable detonación, la línea del mentón se ha convertido en papilla. La mujer está hecha puré.

Manu se baja la cremallera de su chupa negra, se quita la gorra y lo tira todo al primer cubo de basura que encuentran. Nadine la imita, tiene la chaqueta manchada, como si le hubieran vomitado hemoglobina encima. Prosiguen su camino, sin intercambiar palabra. Al rato, Manu rompe el silencio:

—Pues sí, es como después de ver una buena peli, te quedas un poco depre...

—De hecho, todo ha sido demasiado rápido…

—Exactamente como subirse al escenario. De todas formas, deberías tener más cuidado, estabas demasiado cerca cuando disparé, podría haberte arrancado un brazo.

—Ya le cogeremos el tranquillo —concluye serenamente Nadine.

Manu pregunta sonriendo pensativa, más tranquila que de costumbre:

—¿Te ha gustado?

Encogimiento de hombros, Nadine apenas duda antes de responder:

—Justo después, me he sentido fatal. No acababa de salir nunca del callejón y quería sentarme a llorar, como si fuera el fin del mundo. Ahora me siento fenomenal y solo tengo ganas…

—De volver a hacerlo.

La máquina escupe pasta hasta que se enciende el stop. Nadine hace dos paquetes más o menos iguales. Manu estruja el suyo con la mano y se lo mete en el bolsillo trasero.

Nadine quiere un walkman de los guapos. Dice que con la tarjeta y el número se puede comprar de todo. También quiere un traje igual al de la mujer.

Entran en una tienda con un montón de walkmans en el escaparate. Nadine pide al vendedor que le enseñe cinco o seis modelos. Se siente bien, es como si su cuerpo produjera coca constantemente y le mantuviera el subidón. El vendedor tiene buena pinta. Corte a cepillo y pendiente en la oreja. Competente y amable, un hueco entre los dientes delanteros. Él no lo sabe. Siempre existió esa brecha entre ella y la gente, ese algo terrible que temía que descubrieran y que era ridículo porque no tenía nada que esconder. Ahora tiene buenas razones para temer sus indiscreciones, buenas razones para encontrar su amabilidad fuera de lugar. Esa buena y vieja sensación de impostura, de abusar de la confianza de los demás. El vendedor no lo sabe. Suelta su rollo sobre los distintos modelos. Sonriente y no muy buen timador. Nadine los prueba uno tras otro, bromea con el joven. Siente confusamente que ella al tipo le gusta. Eso la pone a cien.

Las manos en los bolsillos, Manu ha recorrido toda la tienda sin decir ni mu. Se acerca al mostrador y dice:

—Llévatelos todos, no le des más vueltas.

El vendedor encuentra la broma graciosa y se ríe con ganas. Nadine se apoya en el mostrador, se inclina hacia él. Su risa es bonita, como la de un crío. Cuando ve cómo le cambia bruscamente la expresión, se echa espontáneamente a un lado para dejar el campo libre a Manu. Le da tiempo a preguntar:

—¿Aceptáis balas?

Y, riendo tontamente, abre su bolso y arrambla con todos los walkmans. La explosión hace que levante la cabeza: le ha disparado en pleno vientre, el cristal de detrás también ha recibido lo suyo. Parece un mal truco, hay chorros de sangre detrás. Ella se inclina sobre el mostrador para coger pilas. Él se retuerce aullando en el suelo. Manu se inclina a su vez y sentencia:

—Es más el susto que otra cosa.

Salta por encima del mostrador, le inmoviliza la cabeza al tipo con el pie, se inclina para incrustarle el cañón entre el pelo y dispara de nuevo. Él se sacude entre espasmos, luego se distiende de golpe.

Salen y se alejan a toda prisa. Los walkman pesan horrores en el bolso y resuenan con un extraño tintineo. Manu chasquea los dedos, bastante irritada.

—Joder, no dominamos la fórmula, no soltamos la frase adecuada en el momento oportuno.

—Hemos tenido los gestos adecuados, eso ya es un comienzo.

—Sí, pero ahora que tengo que salir a escena, preferiría cuidar esa parte.

Nadine se calla. Se siente un poco decepcionada porque precisamente creía que habían bordado las frases.

La chica pequeña insiste:

—Joder, lo importante lo hacemos de puta madre, pero nuestros diálogos deberían estar a la altura. Mira, yo no creo en el fondo sin la forma.

—No podemos preparar esas cosas por adelantado.

—Pues claro que no, sería contrario a toda ética.

Nadine cambia de tema.

—Joder, no hay nadie en estas calles. ¿Te das cuenta de lo fácil que ha sido? De haberlo sabido, hace tiempo que me habría dedicado a esto.

—Hay que seguir el instinto para que la cosa funcione. A veces planeas a fondo un buen golpe y te acaban pillando por una chorrada. Hay que tener confianza, es fundamental.

Se ha metido la pipa entre el vientre y el pantalón. La nota al andar, seguro que el cañón está caliente. Masculla:

—Pero tengo que recordar que solo me quedan ocho balas, no puedo lanzar un tiroteo espectacular.

—Pues sí, procura no pasarte.

—No hay que descontrolar, gorda. Y tenemos que comprar bebida antes de volver.

Nadie las espera en el hotel. Hay otro recepcionista. El nuevo les habla cuando están esperando el ascensor. Antes de entrar, les dice:

—Si os aburrís por la noche, podéis bajar a tomar un trago, hay cervezas en la nevera.

Nadine se gira y le sonríe. Tiene unos ojazos castaños, cuando ha salido de detrás del mostrador le ha visto los tobillos desnudos en las zapatillas de deporte de tela. Piel morena y sonrisa muy blanca. Ella añade «Hasta luego» antes de que se cierre la puerta del ascensor. Estaría bien ligárselo.

Beben whisky. Nadine lo mezcla con Coca-Cola, Manu lo desaprueba:

—Es una práctica salvaje, no me gusta nada que hagas eso.

Nadine no sabe qué responder. Pregunta:

—¿No te parece raro que no pase nada?

—Déjate ya de chorradas… Y eso de que no pasa nada…

—No, quiero decir que estamos aquí tan panchas en el hotel, después de todo lo ocurrido. Como en suspenso… como si todo estuviera permitido.

—Tácticamente, no es bueno pensar en eso. Porque te hace preguntarte irremediablemente cuándo te trincarán. Y eso es mentalmente nocivo, una putada que te quita el sueño.

A Nadine le parece un consejo muy juicioso y reflexiona en silencio. Después se sirve otro trago y Manu comienza a despotricar de nuevo contra la mezcla de whisky y Coca-Cola.

# 9

Más tarde, Manu baja sola a dar una vuelta. En un barucho, pide un carajillo. Las paredes están pintadas de un amarillo apagado, los techos y la barra revestidos de un material oscuro que imita la madera. Un tugurio de barriada. Taza marrón, platillo verde, ceniceros de plástico amarillo. Se siente como en casa.

Se ha sentado en un rincón, el espejo a su derecha está mugriento, cubierto de una película de grasa, lleno de huellas de dedos y de moscas aplastadas. De rubia, parece una puta barata, además no ha escatimado el pintalabios. Se gusta, ya le está bien.

Hace mohínes con la boca, se mira en el espejo y pone morritos, luego sonríe con expresión bobalicona y juguetea con la punta de la lengua. Catadora de vergas, un papel a su medida. Si fuera un tío le gustaría hundir la polla hasta el fondo de la garganta, menear el glande contra el gaznate. Lástima que Nadine no esté, podrían charlar sobre pitos, con o sin pintalabios, nada que ver.

El pelo le cae en bucles suaves sobre los hombros. Ha dejado rastros de carmín en la colilla y en el borde del vaso. Una vez que ella le pasó un petardo con el filtro manchado de rojo, Lakim le dijo «Eres el tipo de chica que deja huellas en todo lo que toca». Se había burlado de él, por su faceta romántica mal inspirada. De hecho, era un tío majo. Es una putada haberse largado con toda su pasta, con lo que le había costado ahorrarla. Lo encuentra superdivertido. En efecto, es una auténtica putada, es lo menos que puede decirse. Se imagina qué cara pondría si supiera cómo se ha pulido sus pobres ahorros. ¿No quería huellas? ¡Pues toma huellas! Tanto más cuanto que la Radom Vis 35 que ella le pispó le habrá valido una visita de la bofia. El tipo se portó bien con ella, Lakim le tenía cariño. Aun así, le tocó a él, mala suerte. Lugar equivocado, momento equivocado, compañera equivocada. ¿Qué te puedes esperar en unas circunstancias así?

Enciende un cigarrillo, en la barra un tipo con chubasquero la mira descaradamente. Si la hubiera visto pegarle un tiro a alguien hoy, no la estaría mirando de ese modo; tal vez le gusten las petardas muy vulgares. Ella siente debilidad por los tíos con buen gusto. Desliza la mano entre sus piernas y lo mira, abre ligeramente los muslos, va subiendo hasta el vientre, inclina la cabeza y se pasa la punta de la lengua por los labios. Se lleva la otra mano al pecho, como para ajustarse el jersey.

Deja dinero sobre la mesa. Sale y el tío la sigue. Hace muy buen día. Manu piensa: «Espero que no sea un pirado, sería estúpido recibir ahora un navajazo». Lleva la pistola en el bolso, pero el tío tendría tiempo de dejarla tiesa antes de que la encontrara. Qué mala organización. Menea el culo ostensiblemente. Lo oye justo detrás. Aminora la marcha, se para ante un escaparate de electrodomésticos. Él se pone detrás, le acaricia el culo con la mano, sin vacilar, le palpa firmemente la entrepierna. Ella se yergue un poco, restriega sus nalgas contra la polla endurecida. Él le agarra los pechos por detrás, los manosea y pellizca. Ella siente cómo unos pequeños chorros nerviosos y calientes le humedecen el coño. Sin soltarla, él la arrastra hacia un rincón donde se amontonan los cubos de basura. Olor a inmundicia, muros de cemento gris. Se baja las mallas hasta las rodillas, se saliva dos dedos y se los pasa por la raja, que abre generosamente para recibirlo. Con la otra mano se apoya en la pared. Primero le mete la punta, la llama su pequeña zorra y le tira suavemente del pelo. Luego la aplasta contra la pared al tiempo que le abre las nalgas.

Chapoteos húmedos del mete-saca, armonioso compás de los vientres que tienen cosas que decirse. Se acostumbra a él, pilla el ritmo y se mueve en consecuencia. Él da la acometida final y se corre con un gruñido. Ella sabe que aún puede mantener el momento y se pajea sin girarse mientras él se viste. Su cuerpo se tensa al correrse, se deja caer de rodillas, justo para recuperarse. Lo oye marcharse, no se levanta enseguida. Observa la calle y se pregunta qué le gusta más, follar estilo perro o hacer una carnicería. Mientras el tipo se la tiraba, recordaba la escena de esa tarde, cómo disparaba a la mujer contra el muro, cómo quedaba destrozada por la pistola. Francamente bestial. Tan bueno como una follada. Puede que joder le guste tanto como matar. Se sube las mallas y sale del callejón. Realmente hace un tiempo increíble, vuelve al hotel tranquilamente.

# 10

El tipo de la recepción parece contento cuando ve bajar a Nadine. Le ofrece una cerveza, se sienta a su lado delante de la tele. Están en un cuarto diminuto que hay detrás del mostrador. La luz azul de la pantalla le recuerda al viejo del callejón.

Él la observa de perfil discretamente, le da conversación. Hablan de los programas de la tele que les gustan. En cierto momento, la coge por el mentón y le hace un cumplido chorra, ella se ruboriza, baja la mirada. Él dice:

—Es increíble lo tímida que eres.

La besa, la lengua se acelera en su boca, como para expresar que está excitado. Va a buscar dos cervezas más. Se muestra muy alegre y satisfecho de ver que todo marcha, le habla como si fueran dos amiguitos en el patio del recreo. Le pone la mano en el hombro, le acaricia la nuca. Ella está atenta al escalofrío que recorre su cuerpo, le gusta que le hable suavemente, que se ponga en plan tierno. Le habla como a una niña. De pequeña, se quitaba las bragas durante el recreo y los chicos le tocaban las nalgas a cambio de golosinas. Unas sesiones que le encendían furiosamente el bajo vientre, aún no sabía que hay que tocarse para disfrutarlo.

Ella lo besa largamente, él no se atreve a meterle mano, Nadine supone que tiene miedo de que se lo tome a mal. Tiene labios carnosos, rasgos de niño en una cara de hombre, un niño arrogante y exigente, acostumbrado a mucho amor. Con los ojos entornados, se deja acariciar, la polla se endurece bajo la tela de los vaqueros. Ella se arrodilla delante de él, se la saca, lame el glande y bendice la circuncisión. Si lo hace lo mejor que sabe, si se aplica con la boca tocándolo como a él le gusta, si sabe cómo agarrarle las pelotas con los dedos, si lo hace lo mejor que sabe, entonces lo oirá gemir. Levanta la cabeza para verlo, el famoso intercambio de miradas entre mamona y mamado. Su sexo es fino y corto, puede metérselo entero, retenerlo mucho tiempo y trabajarlo con la lengua sin que le falte el aire. Sabe cómo usarla, le complace lo mejor que puede. Él le acaricia la nuca, se deja hacer sin necesidad de guiarla. Ella lo siente tensarse, como si le estuviera haciendo algo muy importante, luego se relaja con un profundo suspiro. Ella le pide «Hazte una paja», y mira cómo se la hace. En cierto momento, la agarra del pelo y se la mete en la boca. Lo recibe todo en plena garganta. Sabe siempre igual, de un tío a otro solo cambia la cantidad. Aunque nunca le presta demasiada atención.

Después, él se siente algo incómodo, pero sigue siendo amable con ella, le cuenta historias. Nadine dice que su amiga está un poco depre y que prefiere subir con ella. Él le pregunta si volverá, ella se encoge de hombros, dice que no sabe si podrá. Se queda un tanto desconcertado e insiste un poco para que vuelva. Ella sube. Manu no ha regresado. Nadine busca la botella de whisky, se ducha, alinea los walkman sobre la cama, hay cinco. Los prueba uno por uno y no tiene dudas sobre cuál es el mejor.

DEATH ROW. HOW LONG CAN YOU GO.

# 11

Cuando Manu llega, Nadine se da cuenta de que está completamente trompa, le cuesta sentarse, la cabeza le da vueltas. Manu le espeta «No te preocupes por mí», y se acerca a la cama. Mientras se quita la ropa pregunta:

—¿Ha hecho de ti una mujer feliz?

Habían hablado del recepcionista antes de que saliera a dar una vuelta. Nadine contesta:

—Ha ido exactamente como tenía que ir.

—Es lo que suele ocurrir con el sexo.

—Pues tú también estás muy espitosa, muy «mujer feliz» precisamente.

—Exacto. ¿Te has pulido la botella de Jack?

—Yo nunca te haría eso.

En el tiempo en que la chica pequeña tarda en ir a buscarla a la otra punta del cuarto, Nadine se duerme a pierna suelta. Manu enciende la tele. Rasga con los dientes un paquete de fresas Tagada y las mezcla con M&M's. Los coge a puñados del montón y se pone a ver videoclips. Ha traído botellines de cerveza que hace rodar bajo la cama después de vaciarlos. No piensa acostarse hasta estar totalmente tiesa. Piensa en los alquileres atrasados que no ha pagado, siempre que se acuerda se le cierra el estómago, un reflejo provocado por la angustia. Le cuesta un rato caer en la cuenta de que ya no le importa. Un simple detalle, ni eso. Se hunde en el sillón. Nadine duerme hecha una bola sobre la cama, a veces tiene gestos de bebé grande que cae rendido cuando se relaja. En los codos, tiene la piel un poco rugosa, gris. Manu apaga el pitillo en el brazo del sillón. Está alucinando, los clips de la tele son la hostia. Descuelga el teléfono, le da al recepcionista el número de su casera para que le ponga con ella. Se lo sabe de memoria de tanto llamar para disculparse por el nuevo retraso en el pago y recibir insultos en plena jeta porque la otra es una zorra de mucho cuidado. El recepcionista pregunta si puede «tomarse la libertad de hablar con Nadine». Manu contesta «En cualquier caso, yo en tu lugar no me la tomaría, capullo», y reclama su llamada. La vieja tarda en descolgar, Manu aúlla literalmente:

—Vieja zorra, mis mensualidades atrasadas te las metes donde te quepan, no te las pienso pagar, ¿me oyes?

Cuelga sonriendo tontamente. Nadine refunfuña algo, se da la vuelta y sigue durmiendo. Manu abre otra cerveza y se pasea de arriba abajo por la habitación golpeando el aire con el puño, sobreexcitada y eufórica, repite:

—¿Qué te has creído, vieja puta de mierda?

Se muere de risa.


Nadine se despierta en plena noche, hay un grifo abierto en la habitación de al lado. Las sábanas no están empapadas de sudor. Ni siquiera tiene pesadillas. Ningún peso en el estómago. Le ocurre a menudo despertarse bruscamente, sintiendo algo encima que la ahoga tierna e inexorablemente. Esta noche tiene todo el aire que quiere para respirar hasta la saciedad. Pero está desvelada, se pone los walkman, intenta recordar: «Hace una semana a esta hora, ¿qué coño estaba haciendo?». No importa, enciende un pitillo. *We will pretend we were dead.* Se acaba la cinta, hurga en su bolso, busca algo que le apetezca escuchar. Al final concluye que lo más sensato es darle la vuelta a la cinta. Manu duerme sobre las sábanas, estirada en la cama con los brazos en cruz.

Nadine se sienta en el borde de la ventana, nada que ver en la calle.

*Her clit was so big, she didn't need no ball.*

Manu masculla algo en sueños y finalmente se despierta. Abre una lata de cerveza, se levanta para darse una ducha. Deciden ir a Burdeos. Cambiar de coche. Son casi las seis. No hay bares abiertos. Caminan en silencio y sin cruzarse con nadie. Luz anaranjada en las aceras, ni un solo ruido.

Luego empiezan a discutir porque Nadine quiere tomar el tren y Manu no.

Un poco más allá, un tipo con traje oscuro saca dinero del cajero. Su Range Rover gris está aparcado delante, con las llaves puestas. El ronroneo del motor se hace cada vez más nítido conforme se acercan. Ven la silueta de alguien esperando en el coche. Seguramente es la puta que acaba de agenciarse en el club y estará sacando dinero para pagar la habitación.

Manu rebusca febrilmente en su bolso, saca la pipa, la toquetea para quitarle el seguro, extiende el brazo y dispara sin dejar de andar. El ruido resuena aterrador en la mañana, en contraste con el hermoso y ralentizado movimiento de los billetes que se esparcen suavemente por la acera. Nadine ha llegado al coche en el momento justo para pillar a la chica, que sale precipitadamente y sin hacer ruido, porque cree que quizá no la han visto y tiene una oportunidad de esfumarse discretamente. Nadine la estampa contra el suelo y la chica pequeña le mete sin pensárselo tres balas en el cuerpo. Dobla graciosamente el brazo después de cada detonación.

Se suben al coche, arrancan. Se encienden luces en las casas y algunas cabezas asoman tímidamente intentando ver qué ha pasado. Nadine contempla en silencio el desfile de las ventanas iluminadas y dice:

—Los testigos nos acechan, salen al menor ruido.

—Un ruido cojonudo, la hostia. Además estoy empezando a cogerle el gusto a esto, seguro que se me ve estupenda. No vayas por la autopista, gorda, me pone de los nervios. Y si hay follón, no podemos escapar.

—De todas formas, no cuentes conmigo para las carreras de persecución, no es lo mío.

—Tú no estás muy bien del tarro, ¿verdad? ¿Te crees que estamos en Indianápolis? Con lo que tenemos que perder, espero que aprietes bien a fondo hasta el final… Si no, mejor dejarlo…

Nadine pone una cinta, *When I wake up in the morning, no one tells me what to do*, y sube el volumen. Baja la ventanilla y habla a gritos por encima del estruendo:

—Mierda, cualquiera diría: *no red light, no speed limit*.

—Joder, es que estamos metidas hasta el cuello. ¿Has visto cómo hemos dejado tieso a ese pedazo de imbécil? Señorito Traje-Tres-Piezas, muy buenos días.

Imita la detonación con la boca, se echa a reír, añade:

—Hay que conseguir munición hoy mismo, si seguimos con este ritmo frenético.

—De todas formas, hay que atracar alguna armería, yo también necesito una pistola.

Manu se la queda mirando boquiabierta, después se toma su tiempo para bostezar y comenta:

—Pues claro que necesitas una, joder, ni se me había ocurrido. ¡Qué buena idea! ¡Qué coreografías de ensueño podremos inventarnos entre las dos! ¿Sabes por dónde ir para llegar a Burdeos?

—No, y tampoco veo los letreros, soy demasiado miope. Ve diciéndomelo sobre la marcha.

—Da lo mismo, tú sigue tirando y ya se verá.

*I want it now, she said* I WANT IT NOW.

# 12

Se pasan todo el domingo encerradas en una habitación de hotel. Manu se ha pintado las uñas de rosa claro, las sacude a conciencia para que se sequen más rápido. Nadine arranca páginas de las revistas porno. El walkman a tope, le satura los tímpanos: *Here comes sickness*. Se coloca la almohada en el bajo vientre y se pajea mirando las fotos.

La rubia del sexo depilado atrae toda su atención. En la primera foto lleva un traje largo, abierto en lo alto del muslo como un rayo blanco. Bajo la tela se adivina la redondez de las caderas y del vientre. La melena cae en cascada hasta las nalgas y realza la curva de la espalda. Unos cabellos que invitan a deslizar la mano y tirar de la cabeza hacia atrás. Pechos turgentes, tipo muñeca de cómic. Toda ella está clasificada X, todos sus poros transpiran sexo.

En la siguiente foto, abre mucho las piernas, despreocupada y sonriente. Labios del coño imberbes, la piel parece suave.

Después se la ve tumbada de espaldas, espléndida y entregada. Los labios inferiores ornados con piedras brillantes, un anillo dorado le atraviesa el clítoris. Una rara elegancia. La entrepierna centellea como un letrero de burdel.

Transgresión. Hace cosas que no deben hacerse con evidente placer. La turbación procede en gran parte de la tranquila seguridad con que se desenvuelve.

Nadine la contempla largamente, impresionada y respetuosa como ante un icono.

Nadine ha esparcido las revistas alrededor de la cama. Las va cogiendo una detrás de otra, siempre vuelve a la de la rubia. A veces apaga un rato el walkman para explicarle algo a Manu. Sobre la magia de la imagen o la palabra que te enciende el bajo vientre. Luego se coloca de nuevo los cascos y continúa con su repaso a las amigas de todo el mundo. Al principio la incomodaba masturbarse con la chica pequeña al lado, pero a medida que han ido bebiendo se ha acostumbrado a la idea.

Sentada en su silla, la chica pequeña se pinta las uñas de los pies y observa el movimiento de la pelvis contra la almohada, primero distraído y lento, luego acelerado hasta el momento en que Nadine se queda inmóvil y se tapa la cabeza entre los brazos. Acto seguido cambia de posición, enciende un pitillo, se pone a hablar. Es como si, después de correrse, se sintiera obligada a salir a flote lo antes posible.

Y otra vez empieza a hojear sus revistas, conecta el walkman y reflexiona sobre esto y aquello mientras va alineando las imágenes.

Hacia el final del día, dobla cuidadosamente las fotos de la rubia del sexo depilado, se levanta y se estira. Manu se ha cortado el pelo de un modo extraño.

Se aburren tranquilamente y esperan a que se les pase. Van y vuelven varias veces del McDonald's a la habitación hasta que el establecimiento cierra. Manu está decepcionada porque había ligado con un empleado del McDonald's, apenas un púber, y pensaba que se pasaría por el hotel al acabar su jornada. Pero el chico se despide educadamente de ella y se apresura a tomar el último bus. Regresan a pie. Nadine dice, por decir algo:

—He observado que los tíos suelen mostrar mucho tacto para rechazar las proposiciones de las chicas. Bueno, no siempre, aunque generalmente se esfuerzan. Este ha conseguido largarse sin resultar desagradable.

—Este capullo me ha mandado a la mierda como un capullo. No le veo el tacto por ningún lado. ¿Qué querías, que me escupiera a la cara?

—Me refiero a que no ha sido nada borde.

—No me ha llamado puta sifilítica, y podría haberlo hecho. Hablas solo por hablar.

Vuelven en silencio al hotel, los brazos cargados de cajas de McDonald's llenas de cervezas.

Finalmente, Manu se pone mala. Vomita a chorros, de rodillas ante el váter. Los hombros se sacuden con cada arcada, vacía el estómago metiéndose dos dedos en la boca. Se lava la cara salpicando de agua todo el cuarto de baño y se bebe la última cerveza con cañita antes de acostarse.

Nadine mira al techo con los brazos cruzados detrás de la nuca.

*Suicidal tendencies.*

# 13

Esta mañana, Nadine se ha comprado un traje de chaqueta azul marino y un maletín de piel. Se ha teñido el pelo de negro y se lo ha recogido en un moño. Sus tacones hacen un ruido infernal. Manu camina detrás de ella.

La chica grande entra primero en la armería. Le ha pedido a Manu que espere un momento fuera.

El vendedor es un hombrecillo canijo y casi calvo. Nervioso. Nadine y su historia del marido apasionado por las armas parecen gustarle, le hace una demostración apasionada, le muestra cajas y catálogos. Ella escucha, con las cejas fruncidas, intenta enterarse de algo. Se pasa un poco en su papel de buena alumna concentrada, saborea el momento. Le mira los pelos que le sobresalen de la nariz en pequeños matojos, susurra más que habla. Rezuma afecto hacia este tipo adiposo, altivo y pagado de sí mismo. Se inclina sobre el mostrador y le muestra el escote. Se deleita con él porque lo encuentra insoportable y porque van a poner fin a su imbecilidad. Una perspectiva alentadora.

Manu hace su entrada. Impermeable rosa, pelo naranja porque el tinte no ha funcionado como debía, pintalabios rosa nacarado, espesas capas de maquillaje de tono anaranjado y rímel azul. El estilo puta barata le sienta bien. El vendedor le echa un vistazo poniendo mala cara y no responde a su saludo. Que haya mujeres en su tienda pase, pero furcias no. Manu hurga en su bolso. El hombre le explica a Nadine:

—Este año la diez automática encabeza la clasificación francesa. Pero en su caso le recomiendo una Smith & Wesson del cuarenta. Si su marido es aficionado a las prácticas de tiro...

Manu interrumpe:

—¿Y si la mujer es aficionada al tiro al capullo?

Él levanta la cabeza, sus fosas nasales se dilatan un poco, pero se queda muy rígido. Manu dispara en el momento en que el tipo comprende que lleva una pistola.

Se asustan más que las veces anteriores, meten a toda prisa varias pipas en el maletín de piel, cajas de cartuchos al azar.

Se oye el campanilleo de la puerta, se sobresaltan y se giran. Dos tipos rubicundos entran en la tienda, se parecen un poco. Manu les dispara a la barriga. Tras unos pasitos de baile vacilantes, se derrumban casi sincrónicamente, sin gran convicción y con idéntica expresión de estúpido desconcierto. La chica pequeña se acerca a ellos y les dispara en la cabeza, para asegurarse.

Coge a Nadine de la manga y dice señalando los cuerpos:

—Míralos, menuda caricatura... La de veces que te has cruzado con mierdas así y te han entrado ganas de dispararles...

Nadine mira los dos cadáveres, caídos de cualquier manera, tirados en el suelo, parece que el agujero del vientre se abrirá bruscamente y dejará salir un monstruo. A causa de la sangre que brota, la herida se estremece levemente. Arruga la nariz:

—Son todos iguales. Sobre todo en ese estado. No somos nadie...

—Qué dices, no todos son iguales, estos tienen una asquerosa jeta de seguratas o algo así. Tipo racista malhumorado, agresivo y peligroso. Esto es una matanza de utilidad pública.

Al darse la vuelta para marcharse, ven que hay gente agolpada delante del escaparate.

Manu hace su salida empuñando el arma, dispersa a los curiosos aullando: «¡Largo de aquí, hatajo de inútiles!». Nadine va tras ella como puede, se quita los zapatos y corre descalza.

Siente el pánico a sus espaldas; les acechan unos persegui-
dores tenaces. A continuación sobreviene una serie de circunstancias favorables, coches que se cruzan en el momento
justo, algunos esquinazos oportunos, y ese miedo infernal que
da alas a sus pies y les proporciona ventaja sobre sus persegui-
dores.

Aminoran la marcha cuando parece que por fin los han
dejado atrás, Nadine tiene los pies ensangrentados y sus medias están literalmente desintegradas hasta los tobillos. Antes
siquiera de recuperar por completo el resuello, Manu vocifera:

—¡Cómo los hemos dejado tirados, a ese montón de gilipollas! ¡Un alucine total! ¿Acaso se creían que iban a pillarnos?

# 14

De pie en el cuarto de baño, se corta mechones de pelo, se pregunta cómo puede conseguir una pinta normal. En la habitación de al lado, Manu entra en trance, agachada en medio de los periódicos tirados en el suelo.

—¡Coño! ¡Primera página en todos! ¡Terror en la ciudad, la hostia!

—¿Crees que habrá muchos muertos a diario por disparo de bala?

—¡Y yo qué sé! Algunos habrá. Voy a leerme los artículos, tal vez luego pueda informarte.

—¿Sale nuestra foto?

—No, joder, no tienen muchas luces. Los retratos robot son una mierda, tú pareces un boxeador y yo tengo pinta de quinceañera que se ha fugado por primera vez. En serio, nadie podrá reconocernos a partir de esos dibujos. Ni por asomo. Solo se ve que somos dos chicas, una más alta que la otra.

Nadine se inclina sobre los dos retratos. Se les parecen bastante.

—Mal asunto.

Manu se levanta para ir a escupir en la taza del váter.

—Poca broma —dice—. Tu cara de puta no tardará en estar en todos los periódicos. Y con el número que hemos montado hoy en la armería, está claro que los retratos mejorarán. Es la primera vez que hemos dejado tantos supervivientes...

Se sienta de nuevo y hojea los periódicos sin leerlos. Al cabo de un momento añade:

—Es verdad que las cosas se nos complican, eso seguro. De hecho, a partir de ahora está prohibido ir a un hotel. Y dentro de poco no podremos ir por la calle.

Nadine sigue cortándose el pelo por donde le parece oportuno, detrás de ella la chica pequeña lee el horóscopo en voz alta.

Después va a sentarse en la cama, comprueba que la botella está vacía y declara:

—De todas formas, hay que aguantar hasta el trece. Tendremos que ser listas, arreglárnoslas como sea. Las mujeres pueden hacer cualquier cosa con su aspecto, podemos disfrazarnos sin que nadie se sorprenda. No hay razón para que la gente con la que nos crucemos se pregunte si somos nosotras, la ciudad es grande. Me he hecho un corte de pelo de lo más raro, ¿no crees?

Manu la mira, boquiabierta, se le ven las fundas al fondo.

—Estás muy cambiada. Antes el pelo te tapaba media cara. Ahora solo se te ven las ojeras. Tienes pinta de depresiva. Esa será la prueba: si en los próximos retratos robot publicados aparecen dos grandes manchas negras con un poco de cara alrededor, resultará que tienen una buena técnica.

—O que hemos dejado demasiados testigos vivos. ¿Cómo crees que llevan la investigación?

—No he trabajado nunca con la pasma. Pero creo que irán a ver a los vecinos. Que contarán chorradas… No sé cómo investigan. Es muy contradictoria, esa gente. Son mongólicos como nadie; y a la vez, auténticos cerebros. Ahí reside su fuerza, nunca sabes con quién te las tienes que ver. En mi opinión, la única manera es tomarlos por unos imbéciles, si no te desquicias.

—Hoy tenemos que seguir camino.

—Habrá que enseñar el culo. Que la gente con la que nos crucemos se fije en el culo y nada más.

—También tenemos que ponernos gafas. Y sombreros.

—Sí, todos los accesorios. Hay que hacer lo que haga falta para prolongar el placer. Es la última vez que vamos de hotel. A partir de ahora, iremos a casas de particulares.

—¿Has pensado en alguien?

—No. He pensado en la primera casa que encontremos. Entramos, disparamos y nos instalamos.

—Brillante.


Manu come chocolate almendrado, muerde directamente de la tableta. Nadine ha alineado las pistolas sobre la cama. Coge una al más puro estilo Salvaje Oeste, con cargador Taurus. La examina por todos lados.

—Me explotará en la cara.

No sabe cómo abrirla, juguetea con ella ante el espejo.

Se pone el walkman, baja a comprar revistas sobre armas. *Is she pretty on the inside, is she pretty from the back, is she ugly on the inside, is she ugly from the back?*

El hecho de haber visto sus retratos en la prensa hace que esté bastante más nerviosa que unas horas antes.

Está incómoda en el quiosco. Hojea *Action Guns* y *Cahiers du pistolier et du carabinier*. Nunca le han interesado las armas. Algo que le va a hacer falta, algo que promete ser divertido. Ojalá le dejaran más tiempo. La señora de la caja le ofrece una bolsa para llevárselas, como cuando compra material de porno duro.

Para en una licorería; en el escaparate exhiben las botellas como las alianzas en una joyería. La vendedora es exuberante, muy sonriente y tiene un porte distinguido. Luce oro en casi todos los dedos y las cejas depiladas muy finas, tetas enormes y sólidamente contenidas. Con esas domingas lo tendrá muy fácil para hacerles una cubana a los tíos. Nadine compra whisky y vino carísimo en cajas de lujo. Más le vale fundirse la pasta pronto, no le haría gracia que la trincaran con los bolsillos llenos. Se muestra amable con la vendedora, ella le corresponde. Mientras envuelve las botellas y se enrolla hablando de los viñedos de Provenza, Nadine se la imagina follando. ¿Dirá guarradas? ¿Tendrá siempre ganas? Es del estilo burguesa viciosa. Lo contrario sería una lástima.

Se despiden cortésmente.

*When I was a teenage whore, I gave you plenty, baby, you wanted more...*

La cinta se para a media canción, se saca el walkman del bolsillo para poner la otra cara. Un chaval silba: «¡Eso sí que es un walkman!». Levanta la cabeza, el muchacho tiene pinta de granuja. Con su sonrisa insolente, debe de volver locas a las chicas. No está nada mal. Se acerca a ella y pregunta:

—Si no es indiscreción, ¿qué escuchas, preciosa?

Le habla como un hombre que practicara el ligoteo intensivo, aunque seguro que nunca se la han mamado. Ella saca la cinta, farfulla:

—Nada interesante, ¿lo quieres?

Le pone el walkman en las manos y se larga. Él la alcanza.

—Gracias, están superbién... Aunque lo que me gustaría de verdad, ¿sabes?, es invitarte a un café.

Ella rechaza la invitación. El chaval se ríe, le dice:

—De hecho, ya me va bien que no aceptes, porque no tengo ni para un café... Soy demasiado pobre para ir con mujeres, ese es mi problema.

Llega al hotel. Allí tiene otros walkman. Manu ha enviado los otros tres, envueltos en billetes para que no se rompan por el camino, a un muchacho al que conoce y al que le arreglaron la cara con vitriolo. Es su lado scout que emerge a ratos y contamina a Nadine.

# 15

Cuando entra en la habitación, Manu está de cuclillas en un rincón. Solo lleva puestos los tacones altos, que se hunden un poco en la moqueta. Observa con atención cómo la sangre chorrea entre sus piernas, mueve el culo para dibujar trazos. Las manchas rojo oscuro permanecen un momento en la superficie, burbujas escarlatas y brillantes, antes de impregnar las fibras, de extenderse sobre la moqueta clara.

Nadine se acuclilla delante de ella, observa con aire sentencioso el fino hilo de la meada roja y muy espesa que le sale en sacudidas más o menos abundantes. Dentro hay pequeños grumos más oscuros, como la nata que se recoge de la leche con una cuchara. Manu juguetea con las manos entre sus piernas. Se ha embadurnado de sangre hasta los pechos. La chica pequeña dice: «Huele bien dentro, pero te tiene que gustar». Después grita señalando los diarios amontonados:

—Son una raza de mierda, esos periodistas. Todo falso. ¿Has traído bebida? Cojonudo. Aunque te has tomado tu tiempo, gorda... En cuanto tardas un poco empiezo a comerme el coco. ¿No te importa que lo manche todo de sangre? Sangro como una perra el primer día. Pero solo me dura un día. De pequeña lo ensuciaba todo adrede para fastidiar a mi madre. Es de la vieja escuela, no la entusiasman mucho estas cosas. Si pudiera, votaría en contra. Se ponía enferma. Después, le pillé el gusto a la cosa. Es todo un espectáculo, hostia, un placer para la vista.

—A tus novios debía de encantarles.

—Me cortaba un poco, y me iba al váter. Me di cuenta de que solo me hacía gracia a mí. Tú eres una viciosa y amplia de miras, tengo que aprovechar. Además, tampoco he vivido con tantos tíos.

—No me extraña.

Nadine se levanta sin quitar la vista de las manchas en la moqueta, Manu se tumba de espaldas. Estirada en el suelo, juguetea con sus piernas. Tiene los pelos del pubis bastante claros, eso hace resaltar la sangre.

En las revistas que ha comprado Nadine, hay fotos que muestran cómo desmontar las pipas para limpiarlas. También aparecen los nombres de las distintas partes. Colocadas frente a frente a ambos lados de la cama, se pasan gran parte del día manoseando las armas por todos los costados. Manu no se ha vestido, deja rastros sangrientos allá donde se sienta. Cuenta escenas de tiroteos que ha visto en el cine, y mientras habla apunta por la habitación en todas direcciones.

Es como si su mano estuviera hecha para sostener una pistola. El metal contra su palma. Está claro. Es lo que le faltaba a su brazo.

## 16

Aunque ya es tarde, el sol quema todavía. Manu, sentada sobre una boca de incendio, dice que quiere aprender a conducir.

—Debe de ser la hostia. Y tampoco hay mucho problema: si destrozamos un coche, ya encontraremos otro.

Nadine se encoge de hombros, dice que puede enseñarle. Añade:

—Pero sería una mierda acabar sepultadas en un amasijo de chatarra esperando a que nos saque la pasma.

—¿Qué te parece si nos estampamos contra un muro?

—¿Ya te has cansado? El trece es dentro de dos días, yo prefiero aguantar hasta entonces…

—Yo igual. Pero el catorce podríamos buscarnos un buen muro.

Caminan por la ciudad, dan una vuelta por la estación, por el barrio peatonal, paran en un bar a jugar en la máquina de millón, les tocan varias partidas gratis seguidas y deducen que tienen buena estrella. Reanudan su camino, es una pequeña ciudad construida de forma extraña, acaban una y otra vez en las mismas calles sin saber cómo.

Se cruzan con gente que no les presta atención. Cuántas personas se pasean, como ellas, con sucios secretos ocultos bajo el abrigo. Sucias y asquerosas ideas alimentadas en secreto.

De pronto se hace de noche, pasan por delante de un elegante salón de té que sigue abierto. Mesas de mimbre, cristales impecables, dorados lustrosos. Decoración para mamás decentes. Escaparate atiborrado de pastas diminutas y ridícu-

las, coloreadas y llenas de ángulos rectos o de frutos perfectamente redondos.

Entran porque a Manu le gusta el sitio, escogen unos diez
pastelitos que Manu se mete en la boca mientras mira a su
alrededor. Una abuela con su nieto aparta la vista. Es una
vieja señora de lo más normal, el pelo ralo y blanco, con cui-
dada permanente. Lleva un vestido formal, de tonos grises y
cuello en pico. Digno. Arrugas profundas desde la nariz hasta
las comisuras de los labios, no precisamente el tipo de arrugas
que salen de reírte mucho. Su cuello es un plisado de piel
mortecina.

La vieja intenta desviar la atención del niño que las mira
fijamente, fascinado por Manu, que sigue engullendo de mala
manera. Cuando mastica se ven los colores mezclándose porque mantiene su bocaza bien abierta. Se aplica en representar
su papel de elefanta degenerada en una casa de muñecas.

Las dos encargadas del local intercambian miradas, irritadas
y al mismo tiempo algo desconcertadas, nada habituadas a
que confundan su salón con una cafetería.

Una lleva el pelo castaño claro y rizado. El rosado de sus
mejillas intensificado por una ligera capa de polvos. Las cejas
sin depilar trazan una V hacia su frente y le dan un aire concentrado, como si fuera a gruñir. Boquita fina, rosa como la
blusa. El labio superior está bien dibujado, el inferior es algo
más carnoso. Nadine comenta «Esa nació para chuparla», lo
bastante fuerte para que la oigan todos.

La otra chica es más rolliza, morena, con un corte de pelo
rectilíneo. Los dientes muy blancos, como de porcelana. Lleva
varios aros en la muñeca, círculos plateados que tintinean
cuando limpia las mesas. Un ruido bonito.

Ambas llevan las mismas blusas rosadas con cuello blanco
y zapatos bajos de tela clara, impecables y cuidadosamente
atados.

Nadine dice que no tiene hambre. Sin saber bien por qué,
el lugar le provoca inquietud. Se abre el tercer ojo, se activa la
voz malvada. En ese entorno y con esa gente, se siente des-

preciada, rechazada. Se ve a través de los ojos de esa gente y se da pena. Manu continúa con su numerito con el niño y no se da cuenta de nada. Nadine aprieta los dientes y mira fijamente la mesa. Que no empiece de nuevo. Está agazapada al fondo de una caja, encogida en un rincón, manos ciegas e invisibles intentan atraparla. Siente sus movimientos en la oscuridad. Está indefensa y aterrorizada. Hay que cortar esos brazos que quieren hacerle daño. Dentro de ella reina la araña, y la espera con infinita paciencia.

Vigila de reojo a las dos encargadas, tienen miedo. Ese pensamiento disuelve la opresión, como por arte de magia.

Las dos chicas están atemorizadas. Se hacen un poco las valientes y limpian la barra. Pero están cagadas de miedo.

Nadine piensa: «Tal vez esas petardas nos han reconocido y han avisado a la poli».

Aunque no lo cree.

Hay algo en ella y en Manu que las inquieta.

Nadine se da cuenta de que le encanta la sensación que le provoca sentirlas palpitar.

La abuela se levanta, harta del numerito de Manu. Recoge sus cosas, abriga bien al niño, pasa por caja para pagar. El niño está de morros, quiere quedarse un rato más. Quiero otro helado. Hace ruido. Tendrá unos cinco años.

Nadine piensa en las revistas del hotel, y en los asesinos de niños. Piensa en los grandes titulares y en los típicos comentarios cuando muere un niño. El efecto que produce en la gente. Incluso a ella le costaría hacerlo.

Apartarse del mundo, cruzar la raya. Ser lo peor que hay dentro de ti. Crear un abismo entre ella y el resto del mundo. Dar el gran golpe. Quieren algo para la primera página, Nadine puede hacer eso por ellos.

Saca la pipa, encadena los gestos sin pensar. Respira hondo, no quita el ojo del niño. El niño caprichoso que se cierra en banda. El cañón prolonga su brazo, brilla en primer plano, en medio de la cara del mocoso. La vieja aúlla justo antes de la detonación, como un redoble de tambor antes del solo.

Apenas ha vacilado. Había que hacerlo.

Un disparo y observa al niño. Justo encima de los grandes ojos marrones ceñudos por el enfado. No le da tiempo a cambiar de expresión. No tiene tiempo de comprender. Al caer, derriba una cesta llena de caramelos envueltos en brillante papel de colores.

Nadine se sorprende lamentando que la imagen no pase a cámara lenta y pensando que se trata de una reflexión que le ha robado a Manu.

La camarera del pelo rizado permanece acurrucada detrás de la barra, sacudida por sollozos nerviosos, protege su cabeza con las manos. Nadine le dispara a las manos, después la coge por los pelos, hunde el cañón en su boca y dispara de nuevo.

Mientras tanto, Manu se ha encargado de las otras dos. La cabeza de la vieja se ha deslizado debajo de una mesa, un mísero chorro de sangre borbotea de su boca y se esparce suavemente por el brillante embaldosado. La otra camarera está tirada un poco más allá, toda su pechera completamente roja.

Antes de salir, Nadine echa un último vistazo a la puerta. Sabe que ha fotografiado la escena, que podrá disfrutarla más tarde. Rojos en claroscuro, posturas grotescas.

Cuando salen, ven gente entrando precipitadamente. Echan a correr, Manu la coge de la mano para que vaya más rápido. Se meten por una callejuela, Nadine se oye reír como cuando se carcajea por el vértigo antes de emprender la gran bajada de la montaña rusa. La chica pequeña aminora la marcha, se da la vuelta. Se dejan caer sobre el bordillo de la acera. Risa alocada y nerviosa. Se calman, se miran, se echan a reír de nuevo.

En un cruce algo más allá piden indicaciones a un tipo con un BMW plateado. Saca un plano de la ciudad para ayudarlas a situarse. Manu abre la puerta y lo saca del vehículo sujetándolo por el cuello de la chaqueta. Se agarra a ella, Manu le da un tremendo patadón en la espinilla y, cuando cae, otro en las encías. A pesar de la distancia, Nadine oye el crujido de los dientes.

Se pone al volante, rodea con cuidado al tipo que se arrastra por el suelo, luego acelera bruscamente y le pasa por encima, Manu ha bajado el cristal e intenta tocarlo. Vacía el cargador.

Con los ojos aún húmedos de tanto reírse en la callejuela, la chica pequeña está exultante, se golpea con el puño en la mano y chilla:

—¡Joder, lo nuestro sí que es sincronización! Estoy alucinada. Como si lleváramos haciéndolo toda la vida. Es que alucino.

—¿Y adónde has dicho que vamos?

—A Marsella. Está lleno de tíos.


Nadine pone una cinta en el radiocasete.

*Come on, get in the car. Let's go for a ride somewhere. You make me feel so good. You make me feel so crazy.*

Decididamente, Manu no se calma, se retuerce en el asiento y no para de hablar:

—¿Has visto? Lo hemos hecho como en los videojuegos, cuando llegas a la pantalla final. Invasores a tope por todas partes y te los cargas a todos, eres más fuerte que todos ellos. Este ha sido un golpe arriesgado. Pero ha tenido su encanto. Un niño, eso ya es pasarse. La verdad, yo no lo habría hecho. Pero tenías razón: hay que pasarse. También hay que comprar bebida. A estas horas me entra una sed terrible. Pero te lo advierto desde ya: pararemos en una tienda árabe, y con los moros no quiero ninguna carnicería. Tú no tienes principios, tú quieres dispararle a todo el mundo.

—Me la sudan los árabes. Y creía que había que pasarse.

—Hay que pasarse. Pero no hay que hacerlo siempre. Hay que encontrar un equilibrio.

—Me tienes harta con tus árabes. Podrías haber sido algo en la vida. Tipo educadora o asistenta social, tienes un montón de buenos sentimientos.

—Si me hubieran dejado, habría hecho el bien a todo el mundo. Básicamente, soy el tipo de persona que haría pasar a la Madre Teresa por una zorra. Pero esa gente es demasiado débil y nociva, no hay manera de ayudarles. Arañando aquí y allá, abandonándose, quejándose siempre. Son un coñazo. Y sobre todo, no tienen valores. No puedo hacer nada por ellos.

Por decir algo, Nadine comenta:

—Ellos se lo pierden.

Y la chica pequeña prosigue:

—¡Joder, qué sed tengo! Aún no me puedo creer lo que has hecho. Estaba yendo tranquilamente al cagadero para vomitar y vaciar el estómago y así poder seguir comiendo pastelitos… Estaban muy buenos, la verdad, podríamos habernos llevado algunos, qué cabeza. Entonces sacaste la pipa y yo me puse a abrir fuego, sin pensar. Alto voltaje total, como nunca. Menudo bautismo el tuyo, gorda, no te has andado con chiquitas.

Saca pedazos de chocolate del bolsillo de la chupa, con la punta de los dedos quita los hilillos que se han pegado encima. Le ofrece a Nadine.

Al volante, la chica grande se siente infinitamente serena. Corre demasiado y conduce bien. La chica pequeña tiene razón, las dos lo están haciendo de maravilla.

*Angels are dreaming of you.*

La sensación de estar devorando la carretera, de un solo bocado. Reflexiona en voz alta:

—Mañana se van a poner muy contentos en el hotel. Sangre, armas y un walkman.

—Podrán convocar a la prensa, esa panda de escritorzuelos de bazofia podrá masturbarse un rato. Apuesto a que esos imbéciles de la pasma le están dando vueltas hasta al último resto de nuestras colillas. ¡Joder, ya estoy deseando leerlo mañana!

—No entiendo cómo puedes leer esas mierdas, a mí me ponen de los nervios.

—Tú te lo tomas todo demasiado en serio, eres masoca, cualquier pretexto es bueno para ti. Yo, solo con imaginarme a los del barrio leyendo eso, ya me parto de risa. Me gustaría pasarme por allí, darles unas palmaditas en la espalda: «¿Qué tal, chicos, cómo lleváis esas preocupaciones cotidianas? ¿El mismo muermo de siempre?».

—¿Quieres que vayamos?

—No, no quiero volver.

# 17

Circulan un buen rato, ven a un tío meando en un campo. Bala en la rodilla, bala en la nuca. Cambio de coche, por si...

Se preguntan si las buscarán con helicóptero, cómo se las arreglarán en ese caso. Nadine se hurga en el bolso y en los bolsillos sin quitar el ojo de la carretera.

—Hostia, me he dejado la cinta en el otro coche, ¡qué imbécil!

—Buena promoción para el grupo.

—Esa gente no tiene necesidad de mí, ¡joder, qué gilipollas!

—Da igual, en este coche no hay radiocasete.

Cambia el tono:

—Eso de ahí es una furgoneta de la poli. Joder, una puta furgoneta de la poli, seguramente un control, ¡mierda de carretera!

Manu habla muy deprisa pero con calma. Hay poca luz en la carretera, Nadine aguza la vista. En efecto, a unos pocos metros hay una furgoneta de la poli aparcada en el arcén. Una sensación familiar de vuelco en el corazón. Con el tiempo le vas cogiendo gusto. «Vamos allá.»

Manu articula tranquilamente, es la primera vez que se la ve tan sosegada:

—A la menor tontería pisas a fondo. Y yo disparo. A todo lo que se mueva. No te olvides, somos un equipo de la hostia. Vamos a intentar pasar. Por lo menos, les montaremos un follón sin precedentes. Pero no vamos a rendirnos.

Llegan a la altura de la furgoneta. De reojo, Nadine advierte la sonrisa malévola de Manu. La coge de la mano, se avergüenza de su gesto en el momento de hacerlo. Pero Manu entrelaza los dedos con los suyos y aprieta su palma hasta casi romperle las articulaciones. Fundidas, contraídas la una dentro de la otra. Invencibles, aunque no tienen ni la más mínima oportunidad.

Pasan de largo la furgoneta. No hay nadie dentro. Nadine comprende exactamente el sentido de la expresión: «El corazón se le va a salir del pecho». Y, la verdad, no le desagrada. Siente unas confusas ganas de que les corten el paso. Para jugar la partida, para intentarlo.

Unos metros más allá, los faros alumbran a dos polis cacheando a una chica contra un muro. Manu sisea entre dientes:

—No me lo puedo creer. No se parece en nada a nosotras.

Cuando llegan a su altura, la chica da un cabezazo a uno de los polis, que retrocede unos pasos, ella sale corriendo, el otro poli se lleva la mano a la cintura. Manu chilla «¡Para!», y las ruedas chirrían al derrapar un poco por el brusco frenazo. Manu dispara hasta abatir a los polis, que no tienen siquiera tiempo de reaccionar. Luego, con calma, avanza hacia ellos y les mete unas balas extra a cada uno, mascullando: «Más vale prevenir».

La chica ha dejado de correr. Permanece inmóvil a unos metros. Reflexiona un momento y vuelve sobre sus pasos, sin prisas.

Zapatillas Stan Smith y bomber negra, el pelo muy largo y brillante en la oscuridad. Su manera de caminar es imponente. Así de entrada, resulta de lo más creíble en su papel de amazona urbana.

Le da media vuelta al primer cadáver con la punta del pie. Luego toma un poco de impulso y le propina un buen chute en la cabeza, como en el fútbol. Observa el otro cadáver con atención. Después el coche, y solo entonces levanta la vista hacia Manu. Afirma: «Nunca había visto muertos», señalando a los polis. No parece hacer ningún esfuerzo para conservar la calma. La línea que separa lo que pasa por su cabeza y lo que se ve en su cara parece firmemente trazada. La ocasión no es lo bastante excepcional para descolocarla.

Manu sonríe, se inclina sobre el poli.

—Siempre es un gustazo dejar frito a uno.

Señala a Nadine con la barbilla y añade:

—Para ella, todos son iguales. Yo siempre me aplico especialmente con los polis.

Nadine no ha salido del coche. Escruta la cara de la chica, que ni siquiera la ha mirado. Unos rasgos singularmente regulares, un porte de princesa. Elegancia innata. Dice: «Estaba a punto de pifiarla». El tono no puede ser más neutro.

Manu saca el paquete de tabaco, le ofrece un cigarrillo a la chica, se acerca a ella para darle fuego. Parece una ceremonia, una toma de contacto con los códigos bien establecidos. La chica se sube la cremallera de la chupa y dice:

—Vivo cerca de aquí, con mi hermano pequeño. Un lugar tranquilo. Tal vez necesitéis un sitio para dormir.

Manu se gira hacia Nadine, se inclina sobre su puerta, pregunta:

—¿Tú qué dices?

—Por mí perfecto.

La chica se ha alejado unos pasos, se fuma el pitillo mirando la carretera, las deja deliberar tranquilas. Nadine añade:

—No es que pase mucha gente por aquí, pero lo más sensato sería irnos cuanto antes.

Y como Manu parece vacilar un momento, como si quisiera decir algo y, por una vez, se preguntara cómo plantearlo, Nadine la tranquiliza secamente:

—Ya he entendido que no se dispara a los moros. Y, *de entrada*, a esta aún menos.

Manu sacude la cabeza y ríe.

—No te lo tomes a mal, gorda, pero es que te pasas tan fácilmente que prefiero dejarlo bien claro.

Llama a la chica.

—Me llamo Manu; ella es Nadine. Esta noche prescindiremos gustosamente del hotel. Pero si nos alojas podrías meterte en un buen lío.

—Yo soy Fátima. Mi casa está hacia allá, todo recto.

Inspira respeto, de forma implícita. Nadine la observa por el retrovisor. Nunca había visto a una chica que se las diera tan de dura y fría, al menos sin caer en el ridículo. Busca algo que decirle, luego decide dejarla en paz.

Manu rasga el envoltorio de una barrita de Mars, la parte en trozos y ofrece la papilla de chocolate desmenuzado a las otras. Como rehúsan, la chica pequeña se lo mete todo en la boca y mastica ruidosamente. No parece inmutarla lo más mínimo que ahora sean tres. Declara pensativa:

—Mi amiga y yo creíamos que la furgoneta policial estaba allí por nosotras. Me entró un canguelo que por poco me revientan las tripas. ¡Joder, qué suerte estamos teniendo! En pocos días estamos recuperando toda una vida… Mi amiga y yo ganamos siempre, es increíble lo que nos ocurre.

Se hunde en el asiento y contempla la carretera en silencio, luciendo su sonrisa más estúpida y ufana. Nadine encuentra una mueca en el mismo registro, la que más se acerca a la satisfacción absoluta.

Luego Fátima avisa:

—Hay que torcer a la izquierda en el próximo cruce.

Manu declara, rascándose frenéticamente la cabeza:

—No podemos aparcar delante de tu casa. Bueno, poder sí podemos, pero no sería demasiado prudente. Lo que habría que hacer es parar en algún sitio y quemar este coche.

—En casa tenemos un garaje, mi hermano suele desguazar coches allí. Será mejor que se ocupe él.

Nadine la ha visto sonreír cuando Manu ha dicho lo de destrozar el coche. Viniendo de ella, esa fugaz sonrisa parece una franca explosión de alegría.

No se cansa de mirarla por el retrovisor. Y por primera vez en su vida, Nadine compadece a esos chicos que se enamoran perdidamente de una chica solo por sus ojos.

Se repite que es ridículo, que esa chica podría ser la mujer más imbécil del mundo, encerrada en un hermoso caparazón. Es inútil. *Could you be the most beautiful girl in the world?*


Aparcan delante de una casona gris, totalmente aislada al borde de un camino desierto. No es el tipo de casa donde vives cuando eres joven. Fátima baja a abrir la puerta del garaje. Nadine dice:

—Es superdivertida, la nueva.

—Sí, es la monda. Lo que estaría bien es que no fueran moros y tuvieran de beber y de fumar en la casa. En serio, ¡me muero de sed!

# 18

Las estanterías del garaje están repletas de motores, radios, cámaras fotográficas, vídeos... Dos fundas de guitarra y un amplificador están arrinconados cerca de un escúter, una mountain bike y una moto parcialmente desmontada. Una vez echados los cerrojos, Fátima se humaniza sensiblemente. Le explica a Manu:

—Esto es de mi hermano pequeño. Como tenemos sitio, se dedica a colocar mercancía.

La pequeña mira alrededor; de hecho, los aparatos están clasificados por género, hay una sección de audio, otra de sonido, otra de motor. Se hace la entendida, con gesto de admiración:

—¡Joder, es un auténtico jefe de almacén, tu hermanito!

Sus palabras surten el efecto de un «¡Ábrete, Sésamo!», Fátima lanza una risita grave, visiblemente contenta de que Manu reconozca los talentos organizativos del hermano. Explica:

—Es un tío listo. Además, no va a dedicarse a esto mucho tiempo, no esperará a meterse en líos para cambiar de sector. De momento nos va bien; y de paso, tenemos todo lo que necesitemos. No nos falta de nada. Esto es provisional.

—¿Provisional? ¿Es que estáis esperando a dar el golpe del siglo para largaros a Australia?

Fátima no nota ninguna ironía en la pregunta. Prosigue:

—Nos vamos a Los Ángeles. Si no te andas con mucho cuidado, te trincan. O si sigues demasiado tiempo en el mismo negocio. O si quieres fardar demasiado. Hay que marcarse una meta alcanzable y atenerse a ella. Mientras tanto, hay que cerrar el pico y mantener los ojos bien abiertos. Esperar tu gran oportunidad y luego chao, empezar de nuevo en otra parte. Hacer fructificar el capital, dedicarte a los chanchullos legales. En fin, disfrutar de la vida…

Como a ella no le presta atención, Nadine puede observarla a gusto. Son cosas que ha oído montones de veces, pequeños truhanes exponiendo teorías implacables. Y, cada vez que las oía, estaba segura de que acabarían junto a sus amiguitos en chirona ese mismo año. Pero Fátima apenas deja margen a la duda. Puede repetir una frase oída cientos de veces, utilizando justo el tono necesario para que suene diferente. Posee la clase del personaje. Sin embargo, Manu se permite una sombra de duda:

—No te lo tomes a mal, pero no parecías andarte con mucho cuidado cuando te encontramos.

—Precisamente. Quise meterme de nuevo en el rollo sin pensar demasiado. Y como el cielo me ha concedido una segunda oportunidad, a partir de ahora voy a utilizar un poco más el coco.

—¿Por qué te habían parado?

—Llevaba mierda encima, una simple chinita. Esos hijos de puta no tenían ningún derecho a cachearme… Acabo de salir de chirona, así que me encerrarían directamente. ¿Has estado en la cárcel?

—No.

—Desde que salí, me comporto bien, modosita y todo eso. Busco trabajo en serio, no salgo, me mantengo alejada de las viejas amistades. Es la primera vez que quería vender algo para solucionar algunos problemas urgentes. Que mi hermano no tenga que ocuparse siempre de todo. Qué mal rollo me entró cuando me pillaron. Había perdido el último bus, caminaba tranquilamente por el arcén de la carretera. Los polis me pararon, documentación y todo eso. No quise dejarles que me registraran, esos tíos no tenían derecho. Dijeron que me detenían, hubo follón. Cuando el otro imbécil encontró la droga, le pegué un cabezazo y entonces llegasteis. Justo a tiempo.

Nadine rezonga discretamente al oído de la chica pequeña:

—Con el tiempo que hace que querías servir a una causa...

Empieza a fastidiarla mucho que Fátima no la haya mirado ni una sola vez. Manu le da unos golpecitos en el hombro.

—No irás a hacernos una pataleta por tu retraimiento, ¿verdad? Pues te pones el walkman mientras hablan los mayores.

Se burla con sorna y mantiene la mano en su hombro. Nadine se dirige hacia la escalera por donde Fátima ha desaparecido. Arman mucho jaleo mientras suben, estallan en risotadas, como niñatas en el baño en una fiesta.

# 19

La casa es grande. No hay nada colgado en las paredes, todo está en su sitio. Un interior rígido, perfectamente ordenado. Muebles imponentes, enormes y sobrios. No es un hogar de gente joven, no hay nada que esté de más. Sin embargo, el implacable rigor del sitio no resulta nada sofocante. Uno se siente más bien firmemente acogido, protegido.

Fátima prepara café, les pregunta si quieren comer. Se afana como una mujer, como una madre. Gestos precisos, muchas veces repetidos. Pregunta a Manu si sabe liar, deja una china sobre la mesa, papel y cigarrillos Camel. Sigue ignorando escrupulosamente a Nadine.

Se sienta con ellas, se fuma el peta a grandes bocanadas, retiene el humo largo rato. Luego rompe el silencio:

—¿Habíais matado a alguien antes?

—Sí, alguna que otra vez.

—¿Algún golpe que acabó mal?

—Para nada. Un día, en vez de ponerme ciega, le disparé a un tío en la cabeza. Después nos conocimos y tuvimos buen rollo.

Nadine interviene, decidida a imponerse como un personaje parlante:

—De hecho, casi todas nuestras historias han acabado mal. Todas esas cosas que intentas hacer y nunca salen bien. Me recuerda un poco al cuento de la sirenita. La sensación de haber realizado un sacrificio enorme para tener piernas y poder mezclarse con los demás. Y cada paso te causa un dolor intolerable. Lo que hacen los demás con una facilidad desconcertante a ti te exige esfuerzos increíbles. Hasta que llega un momento en que lo dejas correr.

Nadine sonríe como para disculparse por haber hablado tanto. Observa a Fátima de reojo y con aprensión. Tiene la impresión de que la chica ha comprendido que ha dicho todo eso para dejar constancia de su presencia. Manu hace desbordar el cenicero chafando el canuto consumido hasta el filtro. Añade:

—En realidad, las normas no cambian, siempre se trata de quién se carga al otro primero. Solo que esta vez estuvimos en el buen lado del cañón. La diferencia es considerable.


Un chico entra en la cocina sin que le hayan oído llegar. Es alto y lleva la cabeza rapada, a primera vista parece tan hermético como su hermana. Les dirige una leve inclinación de cabeza cuando Fátima los presenta. Luego se sirve un café sin prestarles atención. Se sienta a la mesa y se lía un canuto sin abrir la boca.

—Es Tarek, mi hermano pequeño.

Le habla en árabe, él escucha sin contestar, sin levantar la cabeza, sin siquiera pestañear. Acaba en francés:

—Entonces les dije que podían dormir aquí. Además, si queréis quedaros un tiempo, es un buen escondrijo y no tenéis que preocuparos. Tarek, dame las llaves del escúter, voy al colmado a comprar Coca-Cola y comida.

Le pasa las llaves y pregunta si está segura de que la poli no ha tenido tiempo de averiguar su identidad. Ella le responde si la toma por una imbécil. Eso zanja la cuestión y ella se larga.

El chico tiene los ojos claros, hundidos, y las cejas espesas y tupidas. Eso da a la más mínima de sus miradas una intensidad muy particular. Una tensión de guerrero que observa el poblado enemigo preguntándose si va a arrasarlo.

Le da la vuelta al porro y pregunta:

—¿Venís de Quimper?

—Sí, estuvimos hace poco.

Él se sume en sus pensamientos. Manu hace una mueca y pregunta:

—¿Te jode que estemos en tu casa?

Niega con la cabeza, se levanta y sale de la cocina. Luego vuelve sobre sus pasos, se apoya en el vano de la puerta.

—Fátima me ha dicho que tengo que ocuparme del coche. Voy ahora mismo.

—¿Vas a cortarlo en trocitos?

—No, pero haré lo que haga falta.

—¿Te ayudamos?

—No.

Aparentemente, ha vuelto para observarlas mejor. Las escruta atentamente, como si pensara que eso no tiene por qué incomodarlas. Después dice:

—Para ser unas fugitivas, no se os ve especialmente angustiadas.

Manu contesta:

—Es que nos falta imaginación.

La respuesta le arranca una sonrisa.

—Eres la hostia. Pero todo el mundo tiene miedo a morir. O a acabar su vida en chirona. Incluso los más desesperados. —Se golpea el pecho—. Se siente aquí dentro, nadie escapa.

—Llegado el momento, seguro que tienes miedo. Pero, por el momento, el café está bueno y esta mierda te hace volar la cabeza, ¿qué más se puede pedir? Además somos dos, eso cambia las cosas, es más divertido.

Él sacude la cabeza. Esta vez se pone muy solemne, como si lamentara tener que señalarlo:

—No quiero juzgar porque no conozco la historia. En la tele han dicho que disparasteis a una mujer y a un padre de familia sin ningún motivo.

—¿Te parecería más moral si lo hubiéramos hecho por dinero? No tenemos ninguna circunstancia atenuante, así que ya sabes bastante para poder juzgar.

—Me cuesta creer que se trate de vosotras; si os hubiera visto en un autobús, no habría sospechado nada.

Manu asiente con la cabeza.

—Hay que ser muy astutas para salir bien libradas. Y si esta noche ves la tele, contarán más historias de nosotras. Nos cargamos a un niño. Ya lo sé, eso no nos hará muy populares. Así que si te supone algún problema y quieres que nos larguemos, lo dices antes de tocar el coche.

Contesta sin vacilar, en un tono desprovisto de simpatía o animosidad:

—Fátima os ha invitado. Sois bienvenidas.

Sale. Al quedarse una frente a otra se dan cuenta de que van colocadísimas, el costo es muy bueno. Después Nadine baja la cabeza, sacudida por las carcajadas. Explica:

—Son muy majos esos dos, pero se los ve demasiado tensos...

Manu se pone cómoda, se repantinga en su silla con las piernas completamente abiertas. Lleva unas braguitas de satén rojo y por los lados se le ven los pelos rizados. Comenta:

—Al hermanito, no hay modo de pillarlo, es demasiado arisco. Lástima.

—Siempre puedes intentarlo... Pregúntales, como si nada: «¿Cuándo se folla aquí?».

Se esfuerzan en acallar las risas cuando oyen volver a Fátima.

Abren la botella de vodka que ha traído, porque no había whisky en la tienda.

En los vasos hay robots dibujados, Manu los mira en silencio. La chica grande se entretiene rascando una mancha de zumo con la punta del dedo. Dice:

—Parece un príncipe, tu hermanito. Brilla como un diamante. Algo seco con nosotras, espero que no le molestemos.

Decididamente locuaz cuando se trata de su hermano, Fátima no duda en contestarle:

—Es un señor, mucho más avispado que los demás, y no lo digo porque sea mi hermano. Es muy observador, se dedica a examinar detenidamente todo lo que pasa a su alrededor y a averiguar por qué ocurre lo que ocurre. Ha entendido perfectamente lo que me pasó a mí, a mi padre o a mi otro hermano. Y no piensa hacer nada parecido. No porque nos desprecie, sino porque ha sabido sacar lecciones de nuestras desgracias.

—¿Habéis estado todos en chirona?

—Los tres, sí. Mi hermano mayor tiene para largo. Una mierda de estafa que salió mal. Le han condenado por asesinato, y él ni siquiera disparó.

—¿Y tu padre?

—La palmó en la trena, nada más entrar. Mi padre no era una persona violenta, tampoco era un tipo duro. Se lo cepillaron a la primera, ni siquiera llegó a su celda.

—¿Por qué lo trincaron?

Fátima duda un instante, lo suficiente para que se note.

—Por incesto. Se supo porque me quedé preñada. Nunca lo dije. No sé si por miedo o vergüenza. Pero sabía que era mejor no hacerlo. Yo tenía trece años cuando se lo llevaron. Nadie me escuchó. Esa gente es así, saben mejor que tú lo que ocurre en tu propia casa. Aborté, aunque no recuerdo haberlo pedido. Ellos tenían clarísimo que era lo que había que hacer, sin contar con mi opinión… Me rasparon el día que murió mi padre. Una coincidencia nada inocente. Me pareció extraño. Sobre todo porque tenía derecho a estar triste, pero no por ese motivo. Me dejaron bien claro que hay cosas que no se deben lamentar.

Habla en voz baja, con un ritmo sumamente tranquilo. Monocorde y grave, intimista y púdico. Atenúa la brutalidad del discurso sin edulcorarlo. Hay como un metal perceptible justo detrás de ese tono monocorde y grave. Cuando habla mantiene los ojos bajos la mayor parte del tiempo, luego levanta la cabeza y clava la mirada en la de su interlocutora. Está atenta, como si pudiera leer el alma de la otra, capaz de discernir la menor mueca de asco o la artimaña más ruin. Sin juzgar, sin sorprenderse. Dispuesta a verlo todo en sus semejantes. Parece una soberana terriblemente lastimada que solo hubiera extraído del dolor una inmensa sabiduría además de una fuerza implacable. Una resignación majestuosa, sin rastro de amargura.

Se confiesa con aplomo. Así les muestra que ha decidido otorgarles su confianza. Y también que no tiene nada que temer.

Nadine busca algo que decir digno de esta declaración. Manu no se preocupa tanto, llena los vasos, comenta sin el menor apuro:

—Vaya, no hablas mucho, pero cuando lo haces, no veas. ¿Llevabas tiempo montándotelo con tu padre?

—Debía de tener once años cuando empecé, no sé. Mi madre se largó después de tener a Tarek. Nunca supimos muy bien por qué, ni adónde se fue. Mi padre y yo siempre estábamos juntos, fue algo natural, poco a poco. Creo que fui yo la que se lanzó. Sé que me moría de ganas, recuerdo que llevaba mucho tiempo deseándolo. Luego, cuando me quedé preñada, el médico al que fui a ver me enredó. Me dijo que estaba obligado a mantener no sé qué secreto, total que me relajé. Se lo conté todo, y el tío se metió en nuestros asuntos. Supongo que el cabrón no tenía nada mejor que hacer.

Se interrumpe para lamer el papel, pegar y prensar el canuto. Y prosigue:

—Por eso me la suda que hayáis matado a gente, gente a la que ni siquiera conocíais. Inocentes. Yo los conozco muy bien, a los inocentes.

Manu rasga el papel lila del envoltorio de una tableta de chocolate. Apura el vaso y declara:

—Lo peor de nuestros contemporáneos no es que tengan la mente estrecha, lo peor es su tendencia a querer comerle el tarro al vecino. En cuanto no se divierten lo suficiente, se les va la olla y te joden. ¿Cuentas a menudo tu historia?

—No. Ahora hablo muy poco, he aprendido la lección. Claro que tampoco me encuentro todos los días con unas asesinas de polis.

Nadine aprovecha el ambiente propicio a las confidencias para preguntar:

—¿Y cómo es la cosa con otros tíos?

—No hay otros tíos. Nunca he tenido ganas de hacerlo.

Manu se remueve en la silla y decreta, solemne:

—¡Joder, debe de ser la hostia hacérselo con tu propio padre!

Fátima se retrae de golpe. Su semblante se vuelve hermético y no dice nada. Manu se inclina hacia ella, sopla ruidosamente y añade:

—Si vieras a mi padre entenderías cómo alucino con tu historia. No recuerdo ni una sola vez que ese cabrón me besara. Ese hijo de puta me llamaba Emmanuelle. Siempre me he llamado Manuelle, pero yo le interesaba tanto que lo había olvidado. Era el acabose. El marido de mi madre y punto. Y a mi madre no te apetecería metérsela ni aunque te gustaran las cabras, una tía de lo más tonta, en serio. Y no está bien de la olla. Por eso las niñas enamoradas de su papi me chiflan tanto.

Observa a Fátima, llena los tres vasos y concluye:

—Lo que me queda de tiempo es muy valioso, y no me puedo permitir estropearlo con cálculos diplomáticos.

Tras un breve momento de silencio, Fátima se relaja y pregunta:

—¿Tenéis alguna oportunidad de salir de esta?

—Tenemos una oportunidad de pasar de esta noche, si nos hubieran descubierto ya nos habríamos enterado. Después de esta noche, es difícil saberlo, creo que depende mucho del azar.

—¿Por qué no habéis intentado salir del país?

—Demasiado jaleo. Si lo intentas corres el riesgo de que te pillen; a nosotras nos va más el estilo «Si te duele el pulgar, córtate el brazo». Además, ¿qué coño pintamos en otro país?

Nadine declara, pensativa:

—En otro país… yo no me veo.

La chica pequeña silba, admirativa.

—¡Pero si ya estás prácticamente fiambre, gorda!

Fátima insiste:

—No puedes dejar que te maten y ya está. Sin rabia, así sin más. No se puede.

—Tu hermano también parece estar bloqueado en ese rollo —responde Manu—. Pero seguro que pertenecéis a una raza de combatientes. Hay montones de cosas que crees que no soportarás. Y al final siempre sales y vas tirando. Yo nunca me lo he pasado tan bien en mi vida, en serio.

Nadine prosigue:

—Pero son dos cosas distintas, estás tú y luego está la idea de que te atraparán. Pero cuesta hacerse a esa idea. A veces intento reflexionar, saber en qué pensaré cuando llegue el momento.

Manu rompe a reír.

—Seguro que será una chorrada total. Te acordarás de algo de lo más tonto, como la vez que se te escapó el bus y tuviste que volver a pie, total, un recuerdo de mierda. Estás con las tripas derramándose en la acera y piensas en la lavadora que pusiste antes de salir. En fin, ya veremos, pero esa es la idea que yo me hago.

—Si cambiáis de opinión, si queréis intentarlo, tengo un plan para vosotras. Cerca de aquí. Un arquitecto para el que trabajé, le limpiaba la casa. Vive solo, basta con obligarle a abrir la caja fuerte. Y con lo que tiene ahí dentro, podréis marcharos de viaje a donde más os plazca.

—¿Y tú por qué no lo haces?

—A mí me conoce, y tampoco quiero enviar a Tarek. Por si os sirve de algo, os explico el plan. Es una tontería que nadie lo aproveche. Esa caja está repleta de diamantes. Y sería una pena que no intentarais dar un buen golpe, total, no tenéis nada que perder.

Manu protesta enérgicamente:

—Nada que perder, se dice rápido. ¿Y nuestra paz espiritual, es que eso no cuenta?

Nadine subraya:

—No nos dedicamos a esas cosas. A nosotras nos va más el mal gusto por el mal gusto, ya me entiendes... Pero gracias por proponerlo.

—Sí, joder, es muy legal de tu parte, tope legal. Pero ya has hecho mucho por nosotras, de verdad, no necesitamos nada más.

# 20

Han pasado varias horas sentadas a la mesa. Nadine tira los envoltorios arrugados y las cajas vacías en una bolsa de plástico. Luego, con la punta de la uña, rasca una mancha. Ceniceros llenos de filtros de cartón, aplastados en forma de acordeón. Manu los pringa todos de rojo, de vez en cuando saca el carmín y se pinta los labios; ahora que está muy colocada, se le va un poco la mano. Cuando habla o estalla en risotadas, su boca parece una herida animada en medio del pálido rostro, un tajo del color de la sangre descolgado, deformado. Al reír, al insultar, al protestar enérgicamente, solo se le ve la boca, siempre en movimiento. Y las uñas se agitan a su alrededor, captan su atención y la divierten, manchas rojas como mariposas, bordeadas de mugre negra.

Cuando Tarek se unió a ellas, Fátima lo miraba furtivamente, temía su reacción. Al principio, él evitaba dirigirse directamente a las dos forasteras. Luego, poco a poco, acabó soltándose. No le gusta la gente que bebe, pero se limitó a sonreír cuando se dio cuenta de lo puestas que iban. Se quedó allí, mucho más tiempo del que había previsto, atrapado finalmente en el carrusel rojo de Manu. No parece que haga nada en serio. Pero la pistola que les sacó a los polis era muy real y tenía balas que les abrasaron las tripas. Fátima no la vio disparar porque estaba corriendo. Confusamente, imagina las balas saliendo de la boca de Manu, las ve claramente porque ha fumado mucho. Y en el mismo momento en que estalla de risa, la chica pequeña va escupiendo balas, matando a gente de verdad.

Nadine es mucho más retraída, a Fátima le caía fatal al principio. Te observa demasiado fijamente, piensa sin pronunciarse. Manu suelta todo lo que se le pasa por la cabeza, a Nadine le importa la opinión de los demás y prefiere ocultar lo que le parece indecible. Fátima sospecha que esconde cosas horrendas. Alguien que ha soportado muy mal la humillación, pero que se muestra muy dulce en apariencia. Una doble cara. Ha mantenido un tono educado, tiene buenos modales. A menudo habla como una señorita, engaña a su público. ¿Quién desconfiaría de esa mujerona insulsa, casi boba? Fátima no se atreve a preguntarles si se acuestan juntas. Es lo que piensas cuando las ves. Nunca se tocan pero no se quitan el ojo de encima, se buscan a cada instante. Se ríen siempre de las mismas cosas y sus cuerpos suelen acercarse entre sí. Cuando una enciende un pitillo, le pasa otro a su colega, sin siquiera interrumpirse, de forma natural. Se quitan la palabra sin parar, o más bien hablan a dos voces. Llenan siempre dos vasos. Ni se dan cuenta. Utilizan las mismas palabras, las mismas expresiones. Una complicidad casi tangible. Parecen una bestia con dos cabezas, seductora incluso. A Fátima le cuesta imaginar que solo hace una semana que se conocen. Le costaría distinguirlas, imaginarlas por separado.

El sol despunta cuando Fátima dice que se va a acostar. Nadine recoge los vasos y los amontona en el fregadero, vacía un cenicero y limpia la mesa con una esponja. Las otras se la quedan mirando. Enjuaga la esponja y la deja en el fregadero, se seca las manos, todavía de espaldas, y dice:

—El plan de los diamantes del que nos has hablado... si quieres se puede hacer. Si realmente solo hay que entrar en casa del tipo y obligarle a abrir la caja, no nos costará mucho.

Se pasa la mano por el pelo, evidentemente esperando a que la chica pequeña se pronuncie sobre la cuestión, y como no suelta ni mu prosigue:

—Añadimos una víctima más a nuestra lista, tú te quedas con los pedruscos, arreglas tus problemas. A nosotras eso no nos retrasará, total, no tenemos nada que hacer. Y tú te evitarás volver a meterte en líos con los polis. A cambio, te presentarás a nuestra cita en la estación de Nancy, sé que puedo fiarme de ti. Para nosotras sería peligroso esperar varios días en una estación. Así, todas salimos ganando.

Manu se le acerca, le cuesta andar los pocos pasos necesarios para llegar hasta ella porque va colocadísima, y cuando habla apenas se la entiende, aunque le pone mucha convicción:

—Una idea cojonuda. Nosotras birlamos las piedras. Tú vas a Nancy. Es cojonudo, ya se me podría haber ocurrido a mí.

Nadine le da un empujoncito y, como la otra no se tiene bien en pie, se desploma sobre la mesa. La levanta y la sostiene por la cintura.

Fátima dice:

—No tenéis por qué hacerlo.

Manu protesta, con una vehemencia exagerada:

—Sí, pero tampoco tú tenías por qué contarnos el plan. No había ninguna razón para asesinar a esos polis cabrones, ninguna razón para que nos acogieras. Los mejores actos no nacen de las buenas razones, así que… ¡adelante! Pero primero vamos a dormir y ya hablaremos mañana.

Fátima reflexiona. No tiene por qué aceptar. Si se niega, no volverá a verlas más. Oirá hablar de ellas un poco en la tele, hasta el día en que se las carguen. Tal vez durante su encuentro en la estación. Les pregunta:

—¿Por qué es tan importante esa cita para vosotras, si decís que prácticamente no conocéis a la tía?

Manu se indigna y responde con atronadora grandilocuencia:

—¿Qué más quieres? ¿Que nos presentemos en la comisaría más cercana? Ya te hemos dicho que lo prometimos, se lo prometimos a Francis. Creía que eras de la clase de tías que entienden que esas cosas son sagradas.

Así que Fátima no insiste, pese a que recuerda perfectamente que Manu nunca ha visto al tal Francis.

Ambas sacuden la cabeza con aire consternado, adoptando gestos de desolación, y al mirarse se encuentran de lo más divertidas. Se echan a reír enseñando los dientes, que las dos tienen muy estropeados.

Fátima sabe que, de todos modos, no cambiarán de idea. Si ella no va a la cita, se presentarán ellas dos. Aunque resulte suicida permanecer varios días en una estación. Aunque las esté esperando allí un regimiento de policías. Ellas irán. Porque lo tienen metido en la cabeza.

Fátima decide que aceptará el trato. De todas formas, la idea de perderlas de vista para siempre en unas horas la desagrada profundamente.

Tarek y ella salen de la cocina. Ellas se quedan un rato más, riéndose la una de la otra.

Al salir, Fátima piensa para sí: «Seguro que no se acuestan juntas. Porque es lo mejor que han encontrado para considerarse hermanas».

## 21

Instalada a la mesa de la cocina, Manu espera a que el tinte le suba, al tiempo que se sulfura leyendo los periódicos que Tarek ha traído por la mañana.

Se ha negado a comprarles bebida porque acaban de levantarse y considera que pueden esperar un poco antes de empezar a emborracharse. Manu lo llama «papá» siempre que puede.

En una punta de la mesa, Fátima dibuja un plano de la casa del arquitecto, vuelve a comenzar varias veces porque siempre se le olvida algo. Interrumpe a Manu constantemente para darle explicaciones complementarias o nuevas recomendaciones. Manu la llama «mamá» siempre que puede.

Nadine se queda en el cuarto de baño para depilarse las cejas, íntimamente convencida de que se trata de un detalle crucial que va a transformarla radicalmente. Corrige un poco la izquierda para que se asemeje a la derecha. Y viceversa. Al final acaba afeitándose lo poco que le queda.

Se maquilla los ojos de verde. Por la mañana se ha embadurnado el rostro con autobronceador, casi un tubo entero. Eso da a su tez un tono naranja oscuro.

Sentado en el borde de la bañera, Tarek la observa. Luego se acerca a ella por detrás y la besa en el hombro antes de salir. Ella le sonríe en el espejo. Tiene la impresión de haberse convertido en una especie de prima segunda en una sola noche.

Entonces entra Manu, se inclina sobre la bañera para enjuagarse la cabeza, deja manchas de tinte por todas partes y habla con la boca llena de agua:

—Así no te pareces mucho a las fotos publicadas, pero das un miedo que te cagas. Lo vamos a tener crudo para salir a cazar tíos… Hay que joderse con los artículos de hoy, haces bien en no querer saber nada. Todo basura. Mejor no contar con ellos para que escriban nuestra hermosa epopeya.

Manu se frota enérgicamente la cabeza, salpica las paredes de espuma y continúa:

—¡Joder, es que no respetan a nadie, nunca se enteran!

Nadine intenta colocarse unos aros en las orejas. Manu se sienta en la bañera y propone:

—Podríamos pasar a saludar a uno o dos periodistas, buscamos a los peores y charlamos un poco con ellos.

—No quiero saber nada de eso. Ya te he dicho que no quería saber nada. Esa gente dejó de existir para mí.

—Claro, pero no deberían permitirse hablar de nosotras de ese modo; quiero decir, no es normal, parecen no enterarse de que nuestras pipas también sirven para ellos.

—Cuando termines limpia el baño, has dejado mugre por todas partes.

—Que te den por culo, puta gorda.


Más tarde, Nadine intenta hacerle una descripción de Noëlle a Fátima. Con la mayor precisión posible. Le entrega el sobre y los documentos. Dice que es muy importante. Lo repite una sola vez porque se da cuenta de que Fátima lo ha comprendido.

Le toma prestadas unas pulseras doradas que se pone en la misma muñeca y se divierte haciendo tintinear.

Las tres deciden quedar el día 14 en el aparcamiento de un supermercado, porque les parece que es un lugar muy bien pensado para un encuentro clandestino.

Fátima les da la mano cuando se marchan. Su rostro, más impenetrable que nunca. En cambio, Tarek pasa la mano por los cabellos de Manu riéndose y estrecha ligeramente a Nadine contra sí al besarla en la mejilla, dice que espera verlas de nuevo, que tal vez vaya con su hermana.

Cuando se marchan, Nadine se pregunta si solo es ella la que piensa en eso, o si él alberga hacia ella intenciones diferentes a las que despierta una prima. Aunque en esta familia... Tal vez el hecho de que todo se haya vuelto tan familiar entre ellos sea precisamente lo que afecta a la libido.

## 22

Tarek les ha dejado el escúter para ir a la ciudad más próxima. Manu conduce mal, demasiado deprisa e insultando a cada coche que las esquiva por un pelo. Paran en la primera tienda que encuentran. Nadine baja a comprar bebida.

Sale con una botella de Four Roses en la mano, desenrosca el tapón, de pie al lado del escúter. Hasta el mismo color es una gozada, dorado, danzando en el otro lado del cristal. La familiar y beneficiosa quemadura del primer trago. Pica bajo la lengua y abrasa la garganta, y luego, por un breve instante, te inflama todo por dentro. Arruga la nariz e inclina la cabeza, le pasa la botella a Manu y declara muy seriamente:

—Lo que mejor encaja en una mano: una pipa, una botella y una polla.

El alcohol lima las asperezas y provoca ganas de reír. Te aturde con benevolencia.

Pega un sol muy blanco, hay demasiada luz, te quema los ojos.

Al llegar al centro, entran en un McDonald's. Manu insulta al camarero de uniforme verde y le chilla: «Quiero carne, no gato en la hamburguesa». Luego se calma y empieza a magrearse las tetas para hacerlas resaltar bajo la camiseta mientras esperan.

Hay dos chavales plantados en la puerta del fast-food, y la chica pequeña les da un billete de quinientos francos a cada uno «para que se diviertan un poco». Después habla de un actor negro que hace algo parecido en una película. Se va enfadando ella sola porque nunca se ligará a alguien así.

—Que te la hinque un tipo de esos debe de ser la hostia. Lo digo en serio, una tía como yo se merecería algo así. Tú también, claro. Nos mereceríamos llevarnos lo mejor en materia de pollas. Lo digo muy en serio.

Se le cae salsa en la camiseta, se la esparce al querer limpiarla. Tira la hamburguesa a la acera cagándose en su madre.

Una señora cincuentona con gafas redondas de montura dorada y sandalias doradas se detiene para recriminarla en tono severo «que ya podría tirar sus desperdicios a los cubos previstos a tal efecto». La chica pequeña se baja un poco las gafas oscuras para verla mejor, pregunta:

—¿Es que eres tú quien limpia la acera, vejestorio?

La señora la llama furcia. Eso hace que Manu enmudezca. En absoluto se lo esperaba. La señora se pone hecha una furia y la insulta en términos muy modernos. Nadine la escucha un rato y dice:

—Sorprendente, la verdad.

Le da un bofetón a la señora de lo más sonoro. Luego agarra a Manu del brazo. La chica pequeña se resiste, le gustaría quedarse.

—Estoy flipando. A mí me parece que no se merecía la hostia. Pero ¿tú has oído eso?

Hace mucho calor, un sudor caliente que les empapa las camisetas.

Entran en una tienda a comprar cerveza, que sale directamente de la nevera y que beben muy deprisa porque entra de puta madre.

Nueva fase del colocón, las risas se intensifican.

Pasan por una plaza vacía, Manu insiste en parar un rato.

—En serio, es la plaza más guapa del mundo, acabémonos aquí las cervezas.

—Ojo, si nos quedamos aquí pueden pedirnos los carnets.

—No. Y si ocurre, haremos como que no tenemos nada que ocultar y todo irá bien. Échale un par de huevos, gorda, déjate ir. Nos sentamos aquí y esperamos tranquilamente un rato y ya verás como no pasa nada.

Se sientan en un banco a la sombra de los árboles. La temperatura es agradable y la cerveza aún no está demasiado caliente. Manu se despereza.

—Perfecto… Joder, qué bueno estaba el chico de la primera noche. Estaría muy bien encontrarse con uno así. Estaría muy bien encontrarse con algún tío.

—Yo me tiraría a un jovencito. Como ese al que le regalé el walkman.

—Tiene gracia que digas eso, yo estaba pensando lo mismo. Un chaval joven y sin experiencia.

# 23

Cafetería inmensa con bastante clase. Camareros vestidos de blanco y negro. Las dos en la barra, sentadas en taburetes altos ante dos copas de coñac ridículamente grandes para su contenido. Manu lleva una falda tan corta que una vez sentada parece que no lleve nada. A ras del coño, con la blusa abierta sobre uno de esos sujetadores multicolores que solo ella sabe lucir.

No quitan el ojo de la puerta, pero no hay ni rastro de chicos de buen ver.

Un tipo panzudo y medio calvo con traje azul se sienta a su lado. Sonrisa bovina. Manu interroga brevemente a Nadine con la mirada, ella contesta:

—No sé muy bien qué pensar: sería realmente por vicio, pero al menos sería vicio. Lo dejo para el final.

Manu se inclina hacia él cuando le habla. Se queja del calor y se baja el escote de la blusa para abanicarse de forma chabacana. Él hace cumplidos sobre su sonrisa. Concupiscente. Se seca la nuca repetidamente porque suda como un gordo. Respira fuerte al sonreírle tontamente, revelando sin pudor unos dientes amarillentos y manchados. Burdo, embrutecido, grotesco y orgullosamente imbécil. Sin duda debe de tomarlas por unas panolis para atreverse a ligar con ellas. O tal vez ni se entera.

Bromitas sórdidas y muecas adiposas. Resulta entrañable de tan patético, cuestión de adaptación.

Se ahoga de calor al rozarle Manu. Y de hecho no lo está rozando, se pega contra él, para que sienta su vientre, mueve el muslo contra la tela de su traje y deja entrever su ropa interior con el menor pretexto.

El alcohol la pone muy burra, está visiblemente excitada de encontrarlo tan repugnante y de frotarse contra él.

Nadine sonríe recatadamente y baja los ojos cuando él la agarra por la cintura la primera vez. Como se muestra más indecisa y putilla que su colega, el tipo se siente más atraído por ella.

Manu observa, le pide al tipo que la invite a lo mismo y aprovecha que él intenta llamar la atención del camarero para decirle a Nadine:

—Está claro, cuanto más tonta eres, más les gustas. Me ha llevado mi tiempo entenderlo...

Nadine suspira, se encoge de hombros y contesta:

—Hay que ponerse en su lugar. Es imposible que vean las cosas como son.

Cuando el tipo logra pedir las copas, se interesa por la conversación y lanza un jovial:

—¿De qué habláis, chicas?

Manu lo mira sin pizca de coquetería, y ladra:

—¡De que te apesta la boca!

El tipo piensa que no ha entendido bien, que se le ha escapado algo. Nadine se ríe. Manu lo coge del brazo, le dice alegremente:

—Pareces un tipo de mente abierta; así que ni mi amiga ni yo vamos a comernos demasiado el coco. Estamos buscando a una pareja comprensiva, vamos a un hotel, fornicamos como Dios manda y adiós muy buenas. ¿Qué te parece?

Nadine se cuelga del otro brazo, le explica con mucha delicadeza:

—Si no es molestia, querido, menos charla y más follar: seguro que nos entenderemos mejor.

El tipo balbucea y gorjea como una virgen tentada, aunque en la comisura de los labios se le ha formado una saliva blanca casi sólida. Como mocos bucales. La expresión que ha utilizado Nadine lo ha turbado profundamente. Debe hacer un gran esfuerzo para recobrar la serenidad.

En cualquier caso, no las ha relacionado con las dos chicas que aparecen en las noticias. Se debate entre varias emociones. Está exultante porque se las va a tirar a las dos, y es un tipo muy vicioso aunque con poco dinero para frecuentar a profesionales. Pero se siente un poco desconcertado porque son demasiado directas. Tanto vicio servido en bandeja es sospechoso. Elige pensar que es su día de suerte. También se siente algo decepcionado porque habría sido mejor pegarles el rollo para camelárselas, tener la sensación de forzarlas un poco. Pero se dice que nada es perfecto.

No le molestan para nada las pintas que llevan; lo único que asimila es que son chicas. Y que se las va a tirar a las dos.

Paga la habitación. Le aclara a la recepcionista, una polaca sonrosada que no le ha preguntado nada y apenas lo escucha, que son sus sobrinas. Porque pese a todo le da vergüenza subir para hacer un *ménage à trois*. Manu y Nadine lo miran sin decir nada, ligeramente consternadas.

En el ascensor, manosea a Manu con pequeños gestos bruscos, como para cerciorarse de que la cosa va en serio y ella no protesta. Ni siquiera para guardar las formas. La excitación le chamusca las neuronas y le dilata las fosas nasales. Está enardecido y verlo así resulta desagradable. Tiene los ojos desorbitados y sus manos no paran quietas, parece poseído, en trance. Es de esa clase de tipos que no saben contenerse cuando están excitados. Nadine lo observa jadear y tragar saliva, los ojos se le salen de las órbitas. Las tías nunca se excitan de ese modo ante la mera idea del sexo. Experimenta una leve sensación de envidia, a la vez que cierto asco.

Manu se deja tocar complaciente, sin devolver ninguna caricia, pero le gusta sentirlo y verlo en ese estado.

Cuando se para el ascensor, le suelta a Nadine:

—Joder, qué calor hace, el gordo suda como un cerdo.

Con una naturalidad tan desconcertante que él ni siquiera rechista. Parece estar pensando en otra cosa.

Nadine contempla la mano de Manu sobre el tejido azul. A su través, se adivina la forma del sexo, que ha cobrado volumen. Al menos, todo el volumen que puede tener. Y observa los dedos deslizarse a lo largo de la cremallera. El puño subir y bajar con persuasión. La mano del hombre que magrea los pechos con vigor. La chica pequeña se arquea para que la pueda manosear a gusto.

El empapelado de la habitación tiene flores anaranjadas. Hacen que resulte familiar, parecida a cualquier habitación de hotel cutre. En algunas partes está despegado, la colcha rosa tiene manchas oscuras.

De pie ante el hombre, Manu se desviste, la vista fija en él, que no la mira en ningún momento a los ojos. Sus gestos son mecánicos y seguros, la sensualidad exagerada de una profesional. No necesita ponerle mucha convicción para que surta efecto. El tipo está literalmente hipnotizado.

Apoyada en la pared, Nadine los observa atentamente.

El hombre atrae a Manu hacia él, hunde la enorme cara en su vientre, la lame con ardor y la llama «mi pequeña flor». La agarra por las caderas, una gruesa pulsera destella en su puño, tiene los dedos algo peludos. Sus uñas cuadradas se clavan en la carne. Le abre los labios con la nariz y se adentra en su interior.

Durante un rato, la chica pequeña lo observa como desde lejos, le acaricia la cabeza pensativa. Como sorprendida de descubrirlo allí y desolada de ser incapaz de que le guste. En ese momento, no quiere hacerle daño, no lo desprecia.

Nadine se pajea suavemente contra la costura de sus vaqueros, no quita la vista de las manos que recorren nerviosamente a Manu.

La chica pequeña se aparta un poco de él, se apoya contra el borde de la mesita. Se agarra los muslos y los abre. Las uñas pintadas juguetean alrededor de la abertura estriada. Se demoran y se hunden. Se da la vuelta sin interrumpirse, pasa un dedo del ano a la vulva. De soslayo, mira a Nadine, que se ha dejado caer apoyada contra la pared. Ninguna de las dos sonríe, están haciendo algo serio e importante. No piensan en nada en concreto.

El tipo se ha quedado sentado, con los ojos desencajados. Rebusca en su chaqueta, coge un preservativo, se levanta y se pone detrás de Manu. Antes de penetrarla intenta protegerse el sexo. Manu se gira y le agarra la muñeca:

—Solo la polla. Sin nada.

Él intenta explicarle que eso no puede ser. Que es una estupidez, incluso para ella, hacerlo sin precauciones. Manu se le acerca, de espaldas, mueve el culo contra él. Se resiste un poco, débilmente, deja que se la frote y protesta sin convicción. Empieza a acariciarle el culo y repite que es por ahí por donde quiere tomarla, clavársela hasta el fondo.

Bruscamente, Manu se aparta y se sienta. Dice:

—La tienes flácida. Ya estoy harta.

Saca la botella de su bolso, bebe un poco, se la pasa a Nadine. Después enciende un pitillo. Son tan raras que el tipo acaba encontrándolas desagradables. Piensa en largarse, pero la libido se lo impide: ¡una ocasión como esta…!

Se sienta a su lado y propone tímidamente, pero dispuesto a insistir:

—No sé qué me pasa. Tal vez podrías… ¿Qué te parece con la boca?

Se le ha metido en la cabeza que podría mamársela sin preservativo. Se cree muy listo.

Ella apaga el pitillo y contesta:

—Tienes suerte de que tenga conciencia femenina y el gusto por el trabajo bien hecho. No me faltan ganas de sacarte a patadas.

Y, sin transición, lo toma en la boca y lo trabaja enérgicamente. El tipo se gira hacia Nadine, buscando un poco de consuelo moral. Está convencido de que es más amable que la chica pequeña y espera algo de ella.

Nadine lo mira sin benevolencia. Hay algo de excesivo en él, va más allá de la imbecilidad.

Manu está arrodillada entre sus piernas. Se la mama a conciencia y, por costumbre, le acaricia el interior de los muslos. Él dice «Qué bueno, mira, ya me viene», y juguetea con su pelo. La sujeta con más firmeza y se la clava hasta el fondo de la garganta. Ella intenta librarse, pero la tiene bien agarrada y siente ganas de golpearle la glotis con el glande. Manu vomita entre sus piernas.

Al cabo de unos segundos están las dos tiradas en la cama, y tardan un minuto largo en dejar de reír.

En el baño, él se lava con rabia.

Las dos se sofocan cuando lo ven tan furioso. Está desencajado.

—No le veo la gracia. Sois unas auténticas…

Busca las palabras mientras ellas repiten incansablemente «Se le ha ido por el mal camino», una expresión de lo más afortunada.

Él despotrica y las llama putas guarras degeneradas mientras se viste con rabia. Cuando va a salir, Manu para de reír y le cierra el paso.

—Putas guarras degeneradas, muy bien buscado, incluso muy adecuado. Pero no te toca a ti buscar las palabras, imbécil. Y nadie te ha dicho que te largues.

Protesta porque no le han dicho que había que pagar, que no lleva pasta encima y que, de todos modos, menuda jeta pedirle dinero después de lo que ha hecho. Manu le mete un puñetazo en los morros con toda su fuerza y aúlla en voz baja. El rostro deformado por la ira, la boca retorcida de hablar tan tensa, aunque procure no hacer demasiado ruido:

—¿Quién ha hablado de dinero?

El tipo no reacciona. No se esperaba que le fueran a pegar. No parece soportar bien la violencia, se ha quedado paralizado. Ni siquiera se protege la cara ni intenta defenderse. Nadine le pega en la sien con la lámpara. Se le escapa un bufido ronco cuando golpea, como una tenista. El tipo titubea, Manu lo agarra del cuello y lo tira al suelo. Pesa el doble que ella, pero le pone tal convicción que lo domina. Se sienta a horcajadas sobre él, le aprieta el cuello. Cuando empieza a gritar, Nadine agarra la colcha, le tapa la cara y se le sienta encima. El cuerpo se mueve, pero están firmemente aposentadas. Manu murmura:

—Tío, lo que no nos ha gustado nada es lo del condón. Tu grave error ha sido el condón. Te hemos desenmascarado, tío, no eres más que un capullo con condón. Uno no puede irse así sin más con unas chicas desconocidas, tío. Que te entre bien en la cabeza. No debes fiarte. Porque, casualmente, ¿sabes con quiénes te has topado, tío? Pues con unas putas asesinas de capullos con condón.

Espasmos. Con la mano, él golpea frenéticamente el suelo. Tal vez practicó yudo de pequeño y ahora repite el gesto, estúpidamente.

Nadine se ha puesto de pie y lo acribilla a patadas, como vio a Fátima hacerle al poli en la cabeza. Cuanto más pega, y cuanto más fuerte le da, de vez en cuando nota ceder algo. Al final, siente cómo trabajan los músculos de sus piernas.

Las dos se agitan frenéticamente hasta que el tipo se queda totalmente inmóvil bajo los golpes.

Están empapadas y sin aliento cuando paran. Manu levanta un poco la colcha, hace una mueca de asco y se pone en pie.

Encuentran algún dinero en su chaqueta.

Juntas, se lavan las manos, se ponen rímel. Se carcajean nerviosamente de nuevo y repiten «Se le ha ido por el mal camino» y «Capullo con condón».

Cuando salen del hotel, nadie repara en ellas. Han sido lo más discretas posible.

Nadine insiste en que tomen el tren.

En la calle, nuevas risotadas, a Nadine empieza a dolerle la espalda y debe parar para recuperarse. Manu sacude la cabeza.

—Joder, estoy alucinando. Ese imbécil se creía que iba a tragarme toda su leche y le he vomitado en pleno cipote. Lo siento por él. Sitio equivocado, momento equivocado...

## 24

Recorren todo el tren en busca de un compartimento para fumadores. Se instalan, pero Manu sale enseguida para comprar unos Bounty en el vagón cafetería.

Nadine se pone el walkman, mira el paisaje. El tren está casi vacío y no funciona el aire acondicionado. *Sans les envies, c'est tellement plus facile. Surtout la nuit.*

Manu le tira de la manga.

—Donde vamos no está muy lejos de Colombey. Si quieres, a la vuelta, podemos pasar por la farmacia.

—Si conseguimos hacernos con esos diamantes, vamos directas a Nancy para encontrarnos con Fátima, solo faltaría que nos pillaran antes de entregárselos. Además, a la mierda la farmacia, allí no se nos ha perdido nada. ¿Tú quieres volver a casa de tu madre?

—Ese tío mató a tu amigo.

—Si no era él, habría sido su hermano.

—Lástima, tenía preparada una buena frase. Entramos, miramos los caramelitos, nos acodamos en el mostrador, nos hacemos un poco las tontas y decimos: «Era amigo nuestro, cabrón». Y ya está.

—¿Y eso te parece una frase de la hostia?

—Pues sí. Simple pero eficaz. De puta madre.

—Sabes lo que pienso: cuantos más testigos dejemos, mejor. Jode mucho más dejar supervivientes que matarlos. Un buen testigo, y luego que se las apañe como pueda. No para de hablar de ello, se despierta en plena noche. Después, siempre que da el coñazo a la gente con su historia, se acuerda de aquello y se siente como un gusano. La angustia clavada en las tripas y no hay modo de saber cuándo saldrá para morderle el culo. Hemos cometido un grave error táctico: deberíamos haber dejado un montón de testigos.

—¿Te queda mucha munición?

—No. Suficiente para dos días. Dependiendo del consumo.

—Cuando le hayamos entregado lo suyo a Fátima, me gustaría volver a Bretaña. Había rincones alucinantes, acantilados de la hostia… Le he estado dando vueltas entre saltar al vacío o quemarme viva; pero inmolarse resulta demasiado pretencioso. Así que, después de la cita de Nancy, voto por el salto sin red… Es un milagro que aún estemos en circulación. Preferiría terminar todo esto tan bien como empezó y dejarnos ya de tonterías. Antes de que nos rodeen, escoger un lugar bien guapo.

—Vale. Pero tendrás que darme un empujoncito para saltar, no creo que tenga valor. No lo veo muy claro.

—Tranqui, yo te empujaré.

Manu abre una lata de cerveza que se ha traído del bar, añade:

—Fátima ha aceptado el trato de las piedras porque quiere ayudarnos después. Colocar la mercancía y convencernos de que nos marchemos bien lejos. No son como nosotras, esos dos perdedores en versión creyente. Por eso prefiero que nos esfumemos después, sin más rollos.

—También tenemos que hacer otras cosas. Hay que pensar en dejar una nota a los de France Presse: «Saltaron sin red», ya se inventarán ellos el titular.

—Excelente idea.

Nadine se pone el walkman, *everyday, the sun shines*, y se le hace un nudo en la garganta al pensar que lo oye por última vez.

Con todo, no consigue estar triste ni angustiada. Manu lleva una camisa de seda rosa llena de manchas de chocolate, abierta hasta el ombligo sobre ese increíble sujetador. Vuelve a pintarse las uñas, de color rosa.

Nadine se promete concentrarse en el último momento, pensar en ella como la ve ahora. Será una buena última imagen.

## 25

El sol sigue pegando duro.

Al fondo de un enorme jardín bien cuidado, la casa del arquitecto tiene muchas ventanas. Escalera de piedra gris, caminos sinuosos con bordes salpicados de flores de vivos colores. Como en el dibujo de un niño equilibrado. Un hogar perfecto al fondo de una propiedad perfecta. La descripción de Fátima no podría haber sido más fiel. Sin embargo, Nadine se la imaginaba totalmente distinta.

Han venido andando, la han encontrado sin problema. Las zapatillas de deporte de Nadine le arden en los tobillos. Necesita zapatos, y rápido. Chapotea en su propio sudor, lo siente en el cuello y en los riñones.

Manu masca chicle, se mete varios a la vez y traga saliva ruidosamente. Sus zapatos dorados están totalmente destrozados, camina torcida y estropea aún más el calzado.

Nadine apunta:

—Es curioso cómo en tan poco tiempo te has convertido en una pordiosera. Pareces una sintecho de varios meses.

—Mi verdadera naturaleza, que sale a la luz.

—Ya, o tu naturaleza es muy fuerte, o no has hecho ningún esfuerzo por pintarte las uñas.

—No como otras. Es superguapa la choza de este gilipollas.

Nadine llama. Han decidido que hablaría ella porque inspira mucha más confianza. Dirán que están haciendo una encuesta. En caso de que él se niegue a recibirlas, Manu tiene la pipa al alcance de la mano y entrarán a la fuerza. Luego, ya decidirán lo que hacen sobre la marcha.

Lo más importante es que acabe abriendo la caja. No será fácil, porque no tendrá ningún interés en hacerlo. Por otra parte, habrá muy pocas cosas que le interesen hoy, es un mal día para él.

Si consiguen que abra la caja, o es muy tonto o ellas son muy listas. Muy listas no son, así que esperan que sea muy tonto.

Pero el desafío es más divertido que vital, no están dispuestas a probar cualquier cosa.

Se han preguntado qué deben hacer si no está solo. Han buscado una respuesta satisfactoria, no la han encontrado y lo han dejado correr. Manu ha sentenciado: «El mejor plan es no tener ninguno». Y así han zanjado la cuestión táctica.

Ojalá esté solo. Que esté solo y que sea muy tonto, sería una excelente combinación.

El señor que abre es de estatura mediana, mandíbula cuadrada, bien afeitado, las sienes ligeramente entrecanas. Igual de cuidado y presentable que su jardín.

Pregunta suavemente: «¿Qué desean?». La voz es grave y reposada, la voz evoca inmediatamente sexo en la penumbra, movimientos extremadamente dulces, delicadamente perversos. Nadine contesta que trabajan para el Instituto de Estadística, que están haciendo una encuesta sobre el consumo familiar en materia de cultura. El tema no suena muy descabellado, no parece sorprenderle.

Otro más que no las relaciona con las chicas que salen en la prensa. Las invita a entrar y se aparta para dejarlas pasar. Manu masculla por lo bajo:

—¿De qué sirve aparecer en primera página si luego no te reconocen?

—Para cargarse a gente inocente, ¡cierra el pico!

El señor que vive aquí sabe recibir, les ofrece sentarse y les pregunta si les apetece una taza de café. El sofá es confortable, la estancia soleada. Más allá se extiende el jardín, casi un campo. Lleno de flores. Una cursilada repugnante, pero muy lograda. Dan ganas de buscar el fallo, de hacer que toda esa majestuosa calma acabe en una carnicería.

Las paredes están llenas de libros. En los espacios libres, hay reproducciones de cuadros. ¿Serán realmente reproducciones? El hombre tiene buen gusto. Y le agrada que se note, sin pasarse de la raya ni caer en lo vulgar.

Confrontada a tanta elegancia, Nadine tiene la impresión de estar sudando a mares, de respirar demasiado fuerte. Se siente fuera de lugar y ultrajada por no estar a gusto.

Mientras prepara el café, él les hace varias preguntas sobre el oficio de encuestadora. Accesible y acogedor. La voz grave, distinguida, la entonación acariciante. Nadine contesta, lo más evasivamente posible. Está convencida de que las encuentra feas y desaliñadas, pero que es demasiado educado para dejarlo traslucir. Manu se regodea con antelación mientras el hombre se afana en la cocina:

—Joder, el suelo es blanco, todo esto se quedará hecho una leonera cuando empiece la sangre.

El hombre regresa, deposita una bandeja con el café en una mesita baja de cristal ahumado. Parece imposible que pueda derramar una sola gota, que haga un movimiento en falso. Un hombre como ese nunca pierde el control. Lo lleva escrito en la piel con grandes letras: «Respeto mi cuerpo, como sano desde mi más tierna infancia, follo bien, preferentemente me acuesto con mujeres de categoría a las que hago chillar una y otra vez durante la faena, tengo un trabajo que me interesa, la vida me va bien. Soy guapo». Es de los que están presentables al despertarse, a miles de leguas de las leyes de la resaca. Encarna la excepción a la mayoría de las reglas, hace malabares por encima del montón. Desenvuelto y exquisito.

Nadine se pregunta cómo Fátima ha podido pasar por alto un punto tan crucial. ¿Por qué no las ha avisado de que las enviaba a casa de un superhéroe?

En cuanto se sienta y se gira hacia ellas, dispuesto para responder al cuestionario, Nadine saca su Smith & Wesson y le apunta con él. Aún no tiene ni idea de qué estrategia va a seguir. Entorna los ojos y se acerca un poco para intentar captar mejor la expresión que adopta esa cara frente a un cañón. Él la examina con aire interrogativo. La angustia y el pánico son sentimientos tan ajenos a él que no recurre a ellos espontáneamente.

Manu se sirve una taza de café, llena otra, la empuja hacia Nadine, y luego pregunta amablemente al señor si, pese a todo, también quiere una. Él asiente levemente, ella niega con la cabeza.

—¡Que te jodan, gilipollas, para ti no hay!

Se ríe con ganas al tiempo que se saca la pipa del bolsillo trasero, la sostiene con una mano mientras bebe, sin apuntarlo especialmente. No le quita la vista de encima y le dice a Nadine:

—Este sí que tiene aplomo. Ahora entiendo mejor lo que quieres decir cuando hablas de las caras descompuestas por el miedo. Estoy impaciente por ver cómo a este se le abren los ojos como platos y se le mancha la camisa con sus tripas.

Se calla y lo mira fijamente en silencio. Expresión lúbrica y malsana, caricaturesca. Da lengüetazos al cañón de su pipa, pensativa. El tipo no se ha movido, ni un solo parpadeo. Ella piensa que hay que extremar la atención; si le dispara, será en la boca. Al mismo tiempo, chupar el cañón es una nueva idea muy seductora. Comenta en voz alta:

—Acabaré pajeándome con esta pipa. Tal vez vivas lo suficiente para verlo, cabrón.

Nadine reflexiona: el contraste entre Manu, que actúa en plan bestia, y ella, que se muestra más protocolaria, podría explotarse. Un poco simplista, tal vez. Pero no se le ocurre nada mejor. Se levanta, inspecciona las estanterías de libros, decidida a exagerar su número de la neurótica simpática. Manu lo apunta a quemarropa.

Nadine reza para que ella comprenda que piensa jugar a los opuestos, adoptar una táctica de poli.

Saca cuidadosamente un libro de los estantes. *The Stand*. Lo hojea tranquilamente. Tiene que lanzarse ya, empezar a hablar. Es algo bueno tomarse su tiempo, dejar que la angustia cobre cuerpo. Pero unos segundos más y se convertirá en tiempo muerto. No vas a casa de la gente a apuntarles con una pistola si no tienes nada que decirles. Vuelve a dejar el libro en su lugar. Del estante inferior saca *El idiota* y, en un tono distante, como absorta en la lectura de las notas de la cubierta, pregunta:

—¿Ha oído hablar de nosotras?

—Me temo que sí.

—Como bien decía mi colega, lo que más me gusta del asesinato es la expresión de las víctimas. Esa expresión terrible. Es increíble lo que puede abrirse una boca para chillar. Fascinante lo que el horror puede hacerle al más banal de los rostros.

Hace una pausa, devuelve el libro a su sitio. No sabe muy bien adónde quiere llegar. Él la escucha con atención, ni ha pestañeado.

Nadine leyó en una ocasión que los asesinos en serie mataban porque no eran conscientes de que sus víctimas eran seres humanos; y que si tomaran conciencia de que tenían un nombre y una identidad, no matarían con tanta frialdad. Con la cantidad de chorradas que hay en su biblioteca, seguro que ha tenido ocasión de leer algo sobre la psicología de los asesinos en serie. Con un poco de suerte, es bastante posible. La trampa es burda. No encuentra nada mejor, se conforma y prosigue:

—Tiene usted buen gusto. Sobre todo en literatura, por lo que puedo ver. Me resulta difícil detestar a un hombre que lee a Ellroy en su lengua original y posee las obras completas de Sade. En cualquier caso, se diferencia singularmente de nuestros encuentros precedentes.

Vuelve a sentarse frente a él y le sonríe. No como si lo dominara, más bien como encantada de conocerle.

Él le devuelve la sonrisa. Está convencida de que la encuentra grotesca pero que lo disimula. Porque evita provocar la susceptibilidad de gente armada. A menos que intente engatusarla. No sabe cómo interpretar su actitud. No sabe cómo manejar su propio cuerpo ante él. Está en la cuerda floja. No debe dejar entrever su desconcierto. Después de todo, se encuentra en el lado bueno de la pistola.

Entonces ¿por qué está tan relajado? Tal vez perciba el pánico de ella y se esté riendo por dentro.

La mira con insistencia, siempre sonriente. Es lo bastante inteligente para intuir que ella quiere que la adulen. Quiere ser adulada. Quiere su reconocimiento, al tiempo que teme no merecerlo.

Lo quiere a él.

Ella habla suave y reposadamente, como si dominara la situación:

—Existe una segunda diferencia entre nuestras víctimas anteriores y usted, y es de peso. Nunca hemos matado a nadie por dinero. A veces, de pasada, hemos cogido algo, después del asesinato y para nuestros gastos. Me resulta espantosamente vulgar tener un móvil para matar. Cuestión de ética. Porque la tengo. Y mucha. La belleza del gesto, le concedo gran importancia a la belleza del gesto. Ante todo, que sea algo desinteresado. Pero ahora estamos aquí por una cuestión de dinero. Nos marchamos, mi colega y yo. Un repentino deseo de ver mundo.

Manu, que se ha autoexcluido de la escena para ir a rebuscar en el bar, interviene inopinadamente:

—Y de descargarles las pelotas a los indígenas.

Nadine la mira y sonríe condescendiente. Como si estuviera acostumbrada a viajar con una retrasada. Luego le sonríe al hombre, como diciendo: «Ella es así, pero en el fondo tiene buen corazón, no le haga caso». Él responde a su sonrisa, con insistencia. Se entienden. O representa su papel de maravilla, o la escucha de verdad y cree captar bien al personaje. Delirante y deliciosamente violento, tan literario, justamente.

Ha terminado, pocas veces ha realizado tal esfuerzo por parecer serena y tranquilizadora. Como si deseara enviar ondas de paz por todos los poros de su piel.

—El problema es muy sencillo. Usted tiene una caja fuerte al fondo de esa habitación de ahí atrás. Una caja fuerte escondida detrás de un cuadro de Tàpies. En esa caja, hay piedras preciosas. Porque tiene el buen gusto de interesarse por los brillantes. Un hombre de su categoría no se sentiría satisfecho comprando acciones en Bolsa...

—Amo la belleza, parece haberlo entendido.

Está alucinada. Es su primera réplica, la ha lanzado como un perfecto caballero. Es una tertulia de salón, conversan. Entre gente que se entiende y se aprecia.

Ella prosigue en el mismo tono despreocupado:

—Esos brillantes nos interesan por un motivo de lo más prosaico, para permitirnos viajar. Y, de paso, para salvar el pellejo. No sabemos abrir cajas fuertes. Así que necesitamos que lo haga usted. Hagamos un pacto: usted nos entrega las piedras y nosotras no le haremos ningún daño. Tiene mi palabra de honor. Que tiene el valor que usted decida darle.

Ha hecho cuanto ha podido. Ha metido un farol tremendo. Tiene ganas de marcharse. Está segura de que las cosas no saldrán como ella desea.

Él cruza las piernas, reflexiona un instante. Manu vuelve al centro de la sala, con una botella de Glenn Turner cogida del gollete. Precisa:

—Por el contrario, capullo, si no abres tu caja de mierda me importa un carajo que hayas leído a Fulano y a Mengano, será un placer romperte esa cara de cretino impasible.

Se vuelve hacia Nadine y añade:

—De ese modo, nadie podrá afirmar que lo hemos matado por dinero, si es eso lo que te preocupa. Tu honor quedará a salvo.

Nadine asiente, el arquitecto le lanza una mirada inquieta. Muy leve, aún está lejos del pánico.

Finalmente, levanta los brazos en señal de impotencia y dice:

—Creo que no me dejáis otra alternativa. Si queréis seguirme...

Manu se pega a su espalda, el cañón toca sus omóplatos. Nadine cierra la marcha, él le habla como si no hubiera nadie entre ellos. Muy mundano. No tiene miedo. En todo caso, no lo demuestra en absoluto.

—Leo muy poco la prensa y no tengo tele. Supongo que entenderéis que me niegue a tener tele.

Ella no entiende nada. Y aún menos adónde quiere llegar. Intenta embotarla, tiene un plan en mente. Él prosigue con su rollo:

—Pero había oído hablar de vosotras, estaba muy intrigado… Os imaginaba muy distintas… A decir verdad, no pensaba que llegaría a conoceros.

Pasan a la habitación contigua. Nadine lo observa mover el cuadro de la pared. ¿Se lo ha hecho alguna vez con un tío con tanta clase? En su historial de golfa, se ha dejado encular por tipos elegantes. Pero ninguno ha mostrado jamás esa actitud hacia ella, tal esfuerzo de seducción. El gran juego. Este hombre quiere gustarle. Cada vez que se cruzan sus miradas, procura que la suya sea tórrida y ferviente, que no le falte sentimiento.

No puede ser tan sencillo. Algo va a joderse. Están tensas con sus armas, muy erguidas y atentas. Tienen la misma idea en mente: «¿A qué viene tanto rollo y qué está tramando?».

La caja fuerte es exactamente como la imaginaban: gris muy oscuro, con tres ruedecillas de apertura codificadas. En triángulo. Antes de tocar los botones, mira a Nadine y declara:

—Nunca he conocido a una mujer como tú. Estoy seguro de que no te pareces a nadie. Lo que estáis haciendo es… terriblemente violento. Tienes que haber sufrido mucho para llegar a tales extremos, a tales rupturas. No sé qué desierto habrás cruzado, no sé qué me empuja a confiar en ti. Como has dicho, el trato es simple y confío en ti a ciegas. Te encuentro tan bella, hasta en lo más profundo de ti.

Se ríe, un leve estallido de risa terriblemente refinado, y sacude la cabeza.

—Eres todo un personaje. Apenas nos hemos conocido, pero lo nuestro ha sido todo un encuentro. No puedo evitar estar... tremendamente fascinado. Son otros tratos los que me gustaría cerrar contigo.

Gira las ruedecillas, sin prisa, absorto en sus pensamientos.

Nadine no ha pestañeado. El tipo está flirteando. Le cuesta creerlo. ¿Es que al final va a proponerle darle un rápido lengüetazo por la raja, para el viaje? Es muy capaz. Está pirado. Lanzado en su flirteo con una mujer peligrosa, en plena conversación con una asesina.

Nadine le mira las manos. Blancas y finas, los dedos ligeramente torcidos, se vislumbran las venas bajo la piel. Manos ágiles y alertas. Imagina esas manos deslizándose sobre su cuerpo. Esa cara, de facciones tan perfectas y regulares, inclinándose sobre ella. Lleva una cadena de oro muy fina. Esa boca contra su piel.

Se avergonzaría de su cuerpo contra ese cuerpo. Bajo las caricias dispensadas por un amante con tanta clase, su piel se volvería grasienta y peluda, como cucarachas, rugosa y enrojecida. Repugnante.

Él pregunta:

—Por cierto, ¿puedo preguntaros cómo habéis oído hablar de mí?

—Debe entender que eso estaría fuera de lugar.

Manu lo empuja en cuanto la puerta de la caja se entreabre, y vocifera hundiendo las manos dentro:

—Joder, esto está a tope, no me puedo creer que no la haya liado para no abrir la caja, hostia puta.

El tipo está de pie frente a Nadine, tiende las manos.

—Ha llegado el momento de atarme, supongo.

No tiene miedo. Está convencido de que ella va a atarlo. Eso hace sonreír a Nadine; la verdad, no le sorprende de él. Seguro que le encantaría que lo maniatara muy fuerte.

Ni se le pasa por la cabeza que puedan hacerle daño. Con los puños tendidos al frente, la jornada le resulta excitante.

¿Habrá tenido miedo una sola vez desde que llegaron? ¿Las habrá tomado en serio un solo segundo?

Insiste, dirigiéndose a Nadine, quien decididamente le inspira algo.

—Ya sé que no es el momento, de veras, pero siento mucho que el destino no nos haya hecho encontrarnos… en otras circunstancias.

Nadine guarda silencio. Están de pie el uno frente al otro. Tiene ganas de arrojarse en sus brazos, de jugar un rato. De que sea cortés, respetuoso, hermoso y galante.

Lo escruta. Tiene ganas de él.

Está ante dos furias que copan todos los titulares por disparar a diestro y siniestro, y él les da conversación. Está convencido de que le dejarán con vida. De que se irá de rositas, una vez más.

A su espalda, Manu le clava el cañón en la nuca. Dice:

—Vamos a enseñarte lo que significa perder.

Finalmente parece tensarse un poco. Nadine le agarra de una oreja, lo obliga a arrodillarse. Obedece sin resistirse. Sospecha que no deja de encontrarle cierto placer. Le habla con los dientes apretados, espeta en tono fulminante:

—Visto desde aquí, no tienes tan buen aspecto. Hijo de puta, lo peor es que tienes aplomo suficiente para deslumbrar a cualquiera, y he estado a punto de perdonarte la vida. Pero creo que me hará bien reventarte, creo que voy a disfrutar a tope.

Le ha llevado su tiempo asustarse. Un jodido tiempo. Pero ahora le está entrando el pánico. Sus ojos suplican, implora cada vez más ruidosamente. Intenta levantarse, Nadine le pega con la culata del arma, le hace comprender que esto se hace de rodillas. Se dirige a Manu, toda la tensión contenida hasta ese momento estalla y se pone muy histérica:

—Se está burlando en nuestra jeta, este cabrón se está burlando en nuestra jeta.

Le propina un patadón en toda la cara. Se echa hacia atrás para contemplarlo. Él prorrumpe en grandes sollozos. Manu se inclina, le acaricia la nuca, repite tiernamente:

—Solo hemos venido aquí para enseñarte lo que significa perder.

Suplica que lo dejen con vida, se agarra a Manu como un crío y balbucea:

—No me matéis, os lo ruego, no me matéis.

Ella se incorpora y declara con desprecio:

—No, yo no mato.

Él se derrumba en el suelo llorando, Manu se aleja, le dice a Nadine al pasar:

—Gorda, liquídame a ese capullo.

De perfil, con el brazo extendido. La bala se incrusta en la base de la nariz. El cuerpo se sacude y luego se relaja completamente. Se desparrama como una bolsa de basura rasgada de mala manera, dejando escapar desechos rojos y brillantes.

Manu saca todo lo que hay en la caja. Con los brazos llenos de bolsas y papeles varios, comenta:

—Tienes clase cuando disparas, con una sola mano y muy recta. Estilo ángel de la venganza, me gusta. Vas progresando, gorda, enhorabuena.

Luego le pasa a Nadine todo lo que lleva en los brazos, la chica pequeña acaba de tener una idea y se entusiasma al pensar lo que está a punto de hacer. Se baja los pantalones, se pone en cuclillas encima de la cabeza del arquitecto y mueve el culo para rociarle de pis y empaparle bien toda la cara. Las gotas doradas se mezclan con la sangre del suelo y le dan un color bonito. Absurdo. Susurra bobaliconamente:

—Ten, amor, para tu jeta.

Nadine la mira. Le parece pertinente. Sin duda él habría apreciado el homenaje en su justa medida.

# 26

Cierran la puerta de la habitación de la caja fuerte, lo revuelven todo, vuelcan montones de objetos, rompen otros. El lugar pierde su soberbia en unos pocos minutos. Eso tranquiliza a Nadine, que declara:

—No es más que puta fachada: tres patadas, dos buenas sacudidas y todo arreglado.

Alinean las botellas de alcohol fuerte sobre la mesita baja, saquean el congelador y se pelean por el mando a distancia.

Hablan largo y tendido sobre el asunto del arquitecto. Manu acaba preguntando:

—Te morías de ganas de que te follara, ¿no?

—Sí. Hasta dolerme por dentro.

—Podrías haberlo intentado sin problemas, el tipo tenía las neuronas bastante revueltas como para encontrar apropiado hacer algo así. Ese tío estaba pirado, totalmente pirado… ¿En serio te planteaste no matarlo?

—No lo sé seguro. Tal vez.

—¿Te arrepientes?

—En absoluto. Al contrario, me ofende que dudes de mí. ¿Tú qué habrías dicho si te hubiera pedido que no le hiciéramos daño?

—No habría dicho nada. No estoy tan sedienta de sangre como para contrariar tu libido… Desde cierto punto de vista me hubiera disgustado, no es que quiera ponerme en plan marxista, pero no me parecería moral perdonarle la vida al único burgués de verdad con que nos hemos topado.

—Me encantaba cómo me hablaba. Muy de salón.

—Sigues siendo la más servil de todas las cerdas de la pocilga. Siempre dispuesta a revolcarte a la primera señal de afecto que se dignen a manifestarte, especialmente cuando proviene de los poderosos. Tendrías que haberle cagado encima a ese cabrón, cagarle encima. O al menos mearle…

—Puede ser… Al final, me alegra haber visto el color de su sangre.

Siempre que ha comido demasiado, Nadine se tumba de espaldas y espera a que se le pase el dolor de barriga. Manu se da una vuelta por el váter, se provoca el vómito y empieza a comer de nuevo. La chica pequeña recapitula:

—Mañana vamos a ver a Fátima. Y luego nos largamos. Yo es que alucino, va a salir todo según lo previsto.

—Resulta bastante extraño, no parece muy real. Nuestra última noche.

—Bastará con dar un pasito más.


Cuando Manu está demasiado colocada para hablar, Nadine sube el volumen a tope. Visto el tamaño del jardín, no hay riesgo de que los vecinos se quejen del ruido. Delante de la cadena de música, se contonea y canta a grito pelado:

—*Too many troubles on my mind. Refuse to loose.*

Se mira en un espejo, se encuentra hermosa. Es la primera vez que lo piensa al verse. Ahora es cierto, porque no hay nadie más que ella para juzgarlo. Ya no tiene que preguntarse qué pensará de ella el vecino de enfrente. Ha borrado del mapa a todos los vecinos de enfrente.

Tumbada bocabajo delante de la tele, pone un vídeo porno que ha encontrado entre una peli de Buñuel y otra de Godard. Sube el sonido a tope, así puede escuchar al mismo tiempo la tele y su cinta.

Acerca un sillón a la pantalla de ángulos rectos. Dos chicas, una morena y una rubia, se la chupan a un tío. La rubia se apropia de la polla y la trabaja con frenesí. No hay manera de que la morena pueda darle un solo lengüetazo. Así que se arrodilla junto a ellos y empieza a magrearse las tetas.

Manu se espabila a duras penas, alarga la mano hacia Nadine para que le pase la botella de whisky. Acerca su sillón al de la otra. Exclama:

—Cómo se le agarra al cipote, la rubia; no quisiera estar en el lugar de la otra, está de figurante.

Se quita los pantalones, se pone cómoda. Se acaricia con la palma de la mano por dentro de las bragas, se masturba sin demasiada convicción, la peli no la pone demasiado.

Luego las dos chicas se ponen a cuatro patas, la una al lado de la otra, y el tipo se las folla por turnos.

Nadine está de rodillas en el sillón, con una mano entre los muslos. Mira la tele, luego a Manu, echa la cabeza hacia atrás.

*What you do when you want to get thru. What you do when you just can't take it. What you do when you just can't fake it anymore.*

Botellas vacías cuidadosamente alineadas alrededor de la mesita baja. Están demasiado colocadas para decirse nada, las dos se retuercen cada una en su rincón y se pajean pensando en sus cosas. En la pantalla, el trío se revuelca haciendo mucho ruido. Se duermen antes de que termine la peli, mecidas por el alboroto, atontadas por el alcohol.

# 27

A la mañana siguiente, se duchan y se hinchan a zumo de naranja. Como si les fuera a solucionar la resaca. Finalmente, abren una botella de whisky rescatada de la noche anterior. Al principio les cuesta un poco, pero acaban bebiéndosela con ganas.

Nadine rebobina la cinta en la cadena y sube el volumen. Agarra la botella con ambas manos y bebe como una mona, balanceándose adelante y atrás.

*Dans les flammes, dans le sang, riant du pire, pleurant de joie, tous les vampires gardent la foi, crever les yeux pour de rire, violer et se souvenir. L'essence même du mal.*

Manu se pinta las uñas de un rojo muy oscuro. Sopla encima para que se sequen más rápido.

En el garaje de la casa, hay un Super 5 negro. Buscan las llaves y las encuentran en el bolsillo de una chaqueta colgada en la entrada.

Han metido las joyas, el dinero y los diamantes en una bolsa de plástico de supermercado.

Nadine le ha cogido prestado al arquitecto un traje negro de verano, camisa blanca y corbata mal anudada. Los zapatos le van demasiado grandes, se pone unas zapatillas de deporte. Se ha pintado las cejas con lápiz negro. Parece realmente un tío con su pelo corto, y se extraña de no haber caído en la cuenta antes.

El sol les da en plena cabeza al salir. Deslumbrador. Una acometida ardiente, opresiva y benefactora. Lástima que no puedan pasarse la tarde en el césped.

Viajan con las ventanas abiertas. Nadine piensa en la casa que acaban de abandonar.

—Este tío es sin duda alguna mi víctima preferida. Una vida enterrada entre libros, inundada bajo discos y cintas de vídeo. Es sórdido. Un tío que siente pasión por los escritores pirados, los artistas malditos y las putas degeneradas... Que aprecia la decadencia clasificada por orden alfabético. Un buen espectador, con buena salud. Que sabe reconocer el genio en los demás, aunque de lejos. Sobre todo, con moderación. Nada de insomnio, buena conciencia en cualquier circunstancia. En su caso, hicimos lo que era moral.

—Sobre gustos y colores no hay nada escrito. De todas formas, yo prefiero los cadáveres de polis.

Nadine sube el volumen. Empieza a conducir francamente bien. La tela del traje le rasca un poco.

*Tall and reckless, ugly seed. Reach down my throat you filthy bird, that's all I need, the empty pit, ejaculation, tribulation.* I SWALLOW. I SWALLOW.

# 28

Llegan con demasiada antelación a las cercanías de Nancy. A la altura de Toul, se paran en una tienda aislada al borde de la carretera. Una tienda que también es gasolinera y vende alcohol y comida. Como si fuera Texas, en versión reducida y rodeada de verdor.

La radio del coche aúlla.

*Je voudrais pouvoir compter sur quelqu'un. Je voudrais n'avoir besoin de personne.*

Nadine apaga el motor. Recuerda haber oído esa canción pensando en otras cosas. Antes de topar con Manu, una época del pasado en que se sentía sola.

La chica pequeña grita:

—¡Joder, qué sed! Hostias, es lo que tiene el alcohol, nos han subido los grados. Una botella de whisky de buena mañana. ¡Y hala!

Da saltos de cabritillo en el aparcamiento. Mira a su alrededor y vuelve a gritar:

—Joder, qué lugar más guapo. Como tenemos tiempo, podemos ir a dar un paseo por el bosque. Es una pasada el bosque, ¿no crees?

El sol sigue igual de blanco, te oprime la piel. Nadine nota la pistola metida dentro de la chaqueta, una presencia pesada y agradable.

Manu entra en el colmado sin esperarla. Nadine se entretiene un poco mirándose en los cristales del coche. Parece un tío, incluso un tío con cierta clase.

La tienda es de techo bajo, un espacio amplio en una sola planta. Las puertas están abiertas de par en par y el interior es sombrío. Nadine se acerca. De lejos, ve cómo Manu saca la pipa, en sombra porque está a contraluz. Detonación. En el momento en que llega a la puerta, ve a Manu tambalearse. Segunda detonación. Nadine entra en la tienda, distingue una silueta de pie en la otra punta del local. Dispara tres veces. La sombra se derrumba blandamente, sin responder a los disparos.

Los ojos de Nadine se acostumbran a la oscuridad. Manu está en el suelo. A estas alturas Nadine ha visto suficientes cadáveres para saber qué aspecto tienen. Y para comprender que cuando la sangre brota a borbotones del cuello ya se puede hablar de cadáver.

Manu… Se puede llamar a eso un cadáver.

No consigue decidirse a inclinarse sobre ella.

Además, es inútil comprobar que está muerta.

Comprobar que está muerta. Inútil.

Reuniendo los elementos que le ha dado tiempo a ver, comprende que Manu ha decidido —nunca sabrá por qué— abrir fuego contra el encargado de la tienda. Y ese tipo tenía una carabina cargada y no se lo ha pensado dos veces. Nunca sabrá por qué.

Piensa automáticamente. Pero nada le sugiere nada, está vacía de emoción. Una parte de ella recapitula los hechos. Operación clínica. Otra parte está desconectada. No tiene ganas de que se ponga en marcha de nuevo. No tiene ganas de vivir lo que está por venir.

Manu está en medio del local. Vista de arriba, tirada en el suelo, ensangrentada. La cabeza separada del tronco por una herida refulgente.

Nadine vacía la caja. Mantiene una calma absoluta. Siente cómo le está llegando, siente cómo le ruge en la garganta.

De cuando en cuando, echa una ojeada al pequeño cuerpo tirado en medio de la tienda. No ha derribado nada al caer.

Siente frío.

Por encima de la herida, Manu sonríe feroz.

¿En qué pensaría en el último momento?

Fuera lo que fuera, la ha hecho sonreír. En el último momento.

No la puede dejar ahí, con esas piernas tan blancas y ese rictus funesto. Esos pelos tan cortos que dejan ver el cráneo.

Su pensamiento está atrapado en un bucle, traga dolorosamente. Tiembla de frío y está empapada de sudor. Pesca una manta de una estantería. Envuelve el cuerpo temiendo que la cabeza se descuelgue del tronco. Salvo una vez en casa de Fátima, nunca han estado tan cerca. Se arrepiente estúpidamente de no haberla abrazado nunca.

Es en el momento de pensarlo cuando lo encuentra estúpido, que eso pueda salir de ella, y recobra la compostura.

La instala en el asiento trasero del coche, vuelve a la tienda para coger varias botellas de whisky. Llora en silencio, llora como suele respirar. Arranca e intenta contar los días que llevan juntas. Vacía media botella de whisky y mete la primera.

*Besoin de personne.*

Baja un poco el volumen. Pregunta en voz alta:

—¿Qué es lo último que nos dijimos?

No se la entiende nada porque no para de sollozar. Repite:

—Lo último que nos dijimos, joder, ¿qué era?

Carambola interior, hurga en su memoria pero no consigue recordar. Sube hacia el bosque, no ve nada a causa del sol y las lágrimas.

Se detiene más arriba. Titubea al salir. Los árboles son verdísimos y la luz hermosa.

A duras penas la saca del coche. Teme que la cabeza se separe, la sostiene cuidadosamente para mantenerla pegada al tronco. No quiere que algo así ocurra ante sus ojos. La deposita en el suelo. Abre la manta. Ese hermoso cadáver. Desabrocha la blusa de Manu. La parte inferior del cuerpo intacta y blanca, casi una piel viva. Destrozada hasta el mentón. Pero la cara intacta. No falta gran cosa.

Como ha visto algunos últimamente, el cuerpo mutilado no la repugna demasiado. Acaricia las sienes de Manu, intenta mantenerse digna para hablarle un poco:

—Voy a dejarte aquí. Espero que te haya gustado tanto como a mí. Que te haya hecho el mismo bien. Voy a dejarte aquí.

Abre una primera botella de whisky, bebe tanto como puede de un solo trago. Se ahoga al tragar porque no deja de llorar. Vacía el resto de la botella en el suelo sobre la chica pequeña. La besa tiernamente en el centro del vientre anegado de whisky. Llora a mares, frota la frente contra ese vientre. A través de las lágrimas ve las uñas rojas, brillantes e inmóviles. Vacía otra botella sobre el cuerpo. Lo baña con cuidado. Derrama una tercera.

Ahora, cada vez que piense en ella, la verá primero así. Entre la maleza, bajo una hermosa luz, con la garganta desgarrada y toda bañada en whisky.

Vuelve a pensar en Francis. Parece algo tan lejano… El círculo se cierra. Por suerte, ella puede medir en horas la palabra «siempre».

Busca su mechero y acerca la llama a un mapa de carreteras. Lo sujeta con el brazo extendido hasta que ha prendido bien. Lo arroja sobre el cadáver. Eso también era cierto, el whisky arde estupendamente. El cuerpo se recubre de una llama corta e uniforme, una cobertura danzante. Lo primero en quemarse es el cabello, que chisporrotea. El olor es fuerte. Luego un olor nuevo, el de la piel. Recuerda a los postres flambeados de los restaurantes.

Nadine se apoya en un árbol para vomitar. Continúa sollozando, lo que hace que el chorro salga a sacudidas, ahogándola. Se traga el vómito y lo escupe, cae en él de rodillas y no intenta levantarse.

Más tarde, vuelve a montarse en el coche. Con la radio a tope.

*The monopoly of sorrow.*

Hay una mancha oscura de sangre en el asiento de atrás. Maquinalmente, Nadine concluye que apenas se ve sobre la funda oscura.

Se mira en el retrovisor. Con los ojos hinchados se parece menos a un tío.

Decide acudir a la cita con Fátima.

*I went in war with reality. The motherfucker, he was waiting for me. And I lost again.*

No hacía ni una semana que se conocían.

# TERCERA PARTE

Da una primera vuelta muy despacio por el aparcamiento. Ha dejado de llorar. Siente calambres en las manos porque aprieta el volante con demasiada fuerza. Apaga un cigarrillo en el cenicero junto a la palanca de cambios. Se enciende otro al momento. Pasea la vista entre el gentío que deambula por el aparcamiento. Se ha puesto las gafas de sol de Manu. Le cuesta concentrarse, recordar que está buscando a Fátima entre esa gente. Piensa caóticamente, a trompicones. Todo la distrae. Le gusta dejar que la música entre en su cabeza y la invada por completo. *Elle peut tous nous choisir pas besoin de courage.* La canción se mezcla perfectamente con su propia angustia, una realidad sonora ideal. Como una manifestación exterior de lo que se derrumba en su interior. *La peur est là, on ne la voit pas, on ne la sent pas, on peut la sentir sur les routes la nuit. C'est la dame blanche.*

La araña teje su tela entre ella y el exterior, le devuelve la calma. Está atrapada al fondo de sí misma.

Da una segunda vuelta, habían quedado cerca de la gasolinera. Se le bloquea el cerebro y le envía una caótica serie de imágenes de Manu.

Fátima está apoyada en un letrero de numeración de las calles, la calle 6. Tarek está sentado a su lado, con una botella de plástico de Coca-Cola entre las piernas. Nadine se pregunta si tiene ganas de verlos.

Avanzan hacia ella. Por la expresión que ponen cuando se acercan, Nadine comprende que debe de tener un semblante de lo más singular. Se queda de pie, inmóvil, espera a que lleguen.

Tarek le dedica una gran sonrisa.

—No te había reconocido.

Está algo incómodo, no sabe bien qué decir. La observa con creciente inquietud. A ella le gusta su voz, pero no se le ocurre nada que decir. Fátima la escruta y sus ojos son más oscuros que nunca. La abraza sin más, la estrecha contra ella para consolarla y, cuando Nadine rompe a llorar de nuevo, la aprieta contra su pecho.

Luego Nadine se aparta y dice:

—Se la han cargado, hace una hora. Por una chorrada.

Pronuncia mal las palabras. El tono de su voz es extrañísimo, fuera de lugar. No quiere hablar. Ellos están fuera de esto, inexorablemente, por mucho que Fátima se sienta tan cálida y viva. La araña ha hecho un buen trabajo, la tela es más densa y opaca que un muro. Una parte de su cerebro se ha ido distanciando poco a poco y la observa desde fuera. Mantenerse bien recta sin pronunciar palabra, seguir a Tarek hasta el coche.

Ha dejado de llorar. Se siente anonadada y exhausta. Se deja llevar. Tarek se sienta junto a ella detrás, le habla en voz baja. Le explica que van a un hotel Formule 1, que todo irá bien, que ellos se ocuparán de todo. Le pregunta si quiere beber algo.

Solo quiere que la dejen en paz, pero no dice nada. Mira por la ventanilla. Se siente lejos de este mundo, incapaz de encontrar algún indicio propio de ella que esa gente pueda entender.

Fuera, las casas son grises incluso con el sol que las ilumina, sin ningún estallido de color. En el arcén hay una gente haciendo un parte de accidente, han chocado. Un chaval persigue a otro más pequeño sin que se sepa si están jugando o si pelean en serio. Un grupo de chicas esperan el autobús, llevan falda corta. Todas tienen el mismo pelo castaño y lacio. Un grupo de árabes está charlando en un banco, miran pasar a la gente mientras fuman. Tarek sigue con su rollo.

Nadine pregunta de pronto:

—¿Y Noëlle? ¿La habéis encontrado?

Fátima contesta que no se presentó a la cita. Nadine pierde el interés por lo que le cuenta a continuación. Por la ventanilla ve pasar un hotel ruinoso, luego un restaurante con una terraza florida y gente vestida de verano, más allá una escuela de las que se construían por los años setenta, contrachapado gris y rosa. Han bajado las rejas de las tiendas, ya son más de las siete.

Las manos se le mueven sin cesar, sin que se dé ni cuenta. Le arreglan un poco el pelo, desabrochan un botón de su camisa y lo vuelven a abrochar, se posan sobre sus rodillas, le masajean la nuca, le ajustan las gafas, le frotan los ojos. Tarek le coge las manos, las estrecha entre las suyas. El gesto es implorante. Las aprieta más fuerte. Ella se pega contra él, se agarra a él, hunde la cara en su cuello. Primero le alivia el contacto de su cuerpo y procura abismarse en él. Luego recae bruscamente. Observa sus propios gestos y comprende que no sirven para nada. Se incorpora, muy recta en el asiento. Quisiera decirle algo que lo tranquilizara. Pero no tiene ganas de hablar. Saca el walkman.

*Ouverte sur le noir, la nuit, tu peux y voir brûler ses yeux, l'éclat du feu, la peur est une bête qui adore que tu saches pleurer.*

Una vez en el aparcamiento del hotel, ella dice: «Yo me despido aquí». Tarek la coge del brazo, ella querría que no la tocara más. Casi con crueldad, él dice:

—No estás en condiciones, tú te quedas. Duerme un poco, luego ya verás.

Ella los sigue. Fátima está callada. Mira fijamente al suelo con la mandíbula tensa. Entran en una habitación, una de esas habitaciones con tres camas y tele.

Se instalan los tres en la cama grande, encienden la tele. A Nadine le arden los ojos. Fuma tabaco y los porros que le pasan. La peli se llama *¿Algún francés en la sala?* Un poli vicioso le ofrece una maquinilla de afeitar a una vieja porque quiere que se afeite el coño y que uno de sus colegas les saque fotos mientras lo hacen de pie.

Se encuentra con una botella de whisky en la mano y entiende que uno de los dos hermanos ha salido a comprársela. No ha visto salir a ninguno.

Nadine mira a Fátima y se da cuenta de que ella también está triste, verdaderamente triste porque Manu no está aquí y no volverá a verla más.

Se irá con su hermano, con el dinero de los diamantes. No está contenta. Sabe que los atraparán. No forzosamente la ley, sino su propia lógica. Reventará como una perra, se revolverá como una furia, reventará como una perra. Porque lo lleva en la sangre, ha nacido para la miseria. La cara en su propia sangre y toda historia acabará mal.

Le pregunta a Nadine: «¿Y qué vas a hacer tú?». Pero no espera respuesta. Parece saber lo que va a pasar. Se gira hacia la pared y se quedará toda la noche con los ojos abiertos de par en par, esperando que llegue la mañana para volver a casa.

Tarek se quita el jersey y los vaqueros, se mete bajo las sábanas. Nadine se pregunta por qué se acuestan en la misma cama. Se duermen espalda contra espalda.


Se despierta por la noche. El dolor en suave pendiente, un peso leve. Busca a tientas la botella, los pitillos y un mechero. Se pone el walkman: *Caresse la peur.*

Tarek se inclina por encima de ella para coger el paquete de tabaco. Le fastidia que se haya despertado. Sabe que van a hacer el amor y que no deberían de ningún modo. Se quita los cascos a regañadientes.

—Dicen que cuando te cortan un brazo, al principio lo sigues notando. Eso es lo que me pasa. Ella está aquí. Y por eso, porque aún me queda un poco de su valor, debo marcharme mañana.

Él la besa, la abraza con fuerza. No le toca los pechos ni el vientre ni el sexo, la acaricia por encima de los muslos y las caderas, ella enrolla las piernas en su cintura. Lo siente en el vientre, de tanto frotarse contra ella ha acabado corriéndose. Siente que él quiere darle parte de su fuerza, aliviarla de su peso. Transpiran mucho, se lamen las heridas el uno al otro.

Nadine se abandona bajo él, calmada por un momento. Es amor lo que él quiere que entre en su cuerpo y ella se abre tanto como puede.

Al mismo tiempo, se siente desolada. Su cuerpo la agobia, está enterrada en vida bajo él. Siente náuseas. Se aparta suavemente para huir de la opresión. Tarek le acaricia la cadera y la abraza con ternura. Ella reprime espontáneamente el gesto de apartarse que el cuerpo le pide. Su piel cálida y viscosa. La inocente confianza con que él se le acerca la asquea violentamente.

Se aparta lentamente, finge la inconsciencia de la duermevela. Luego la del sueño profundo, cuando él le pregunta gravemente si piensa quedarse con ellos.


Ella espera pacientemente a que él respire con regularidad, recoge sus cosas a tientas y se viste apresuradamente en el pasillo a oscuras. Le recuerda a cuando se fugaba de adolescente. La febril aprensión a ser sorprendida, el indescriptible alivio una vez traspasado el umbral. Fuera, el aire se hace más respirable.

Como de costumbre, el ruido del walkman le proporciona la banda sonora adecuada, camina por el arcén de una nacional, pasa junto a inmensas vallas publicitarias con mujeres exhibiendo los pechos.

Se examina atentamente el alma, hurga en sus más ocultos recovecos. En busca de una señal de arrepentimiento, de pena por haberlos abandonado sin despedirse. Pero solo encuentra un infinito placer en caminar en la noche. Liberación casi carnal, está escapando de la tibieza.

Le importa un carajo ser cobarde y huir de las discusiones. Camina recto hacia delante, esperando reconocer el lugar.

La invade una fuerza inconmensurable, se siente plena de certidumbre y de calma.

Amanece, ya hace calor. Camina de cara al sol, que asciende lentamente. Entra en la ciudad.

Le vuelven a la mente imágenes, briznas de conversación. La memoria es algo extraño, redistribuye los datos sin tener en cuenta jerarquías o cronologías.

El cuerpo abrasado en el bosque deviene una imagen de fiesta, la iluminación ha cambiado, es un día de felicidad.

Encontrar a tu semejante. Todas esas elucubraciones sobre el alma gemela le parecían tan sospechosas. Ellas siempre han ido a lo suyo.

Se cruza con la gente que va al trabajo. Cualquiera puede reconocerla y señalarla a gritos. No está nerviosa pero sí muy alerta, dispuesta a saltarse la tapa de los sesos a la menor sospecha.

Avanza con los dedos apretando la culata, como cogida de la mano de un amante muy atento.

No la van a capturar.

No se siente fracturada ni indecisa, camina erguida hacia delante.

Ha llegado al centro de la ciudad —considerando la cantidad de temas que han desfilado por su walkman tiene que haber caminado mucho rato—, compra una botella de whisky y chocolate. El sol brilla en lo alto y quema de lo lindo.

Se instala en el banco de una plaza donde abunda la vegetación y los juegos para niños. *Burn it clean.* Con los ojos entornados, bebe el alcohol tibio a pequeños tragos golosos. Se deja aplastar por el calor, un sol generoso para la última de las putas.

Con la yema de los dedos, acaricia la culata y masturba el cañón, acaricia el metal como para hacer que crezca y se endurezca, para que descargue en su boca una leche de plomo.

Está preparada, sorprendida de sentirse tan en paz. Saca la pistola del bolsillo, está embriagada de sol. Pensará en Manu cuando dispare, permanecerán juntas.


Está bocabajo en el suelo. Con los brazos firmemente sujetos a la espalda por un hombre que se ha arrodillado encima de ella. Desarmada, rodeada. Han aparecido sin darle tiempo a entender qué pasaba. Algunos de paisano y otros de uniforme. A unos cuantos pasos se eleva el clamor de los transeúntes congregados que comprenden quién es y se felicitan por haberla capturado. Siente su sangre en la boca. Se ha mordido el labio al caer.

Cosas que debían suceder. De las que creías poder escapar.

*Fóllame* de Virginie Despentes
se terminó de imprimir en el mes de septiembre de 2019
en los talleres de Diversidad Gráfica S.A. de C.V.
Privada de Av. 11 #4-5 Col. El Vergel, Iztapalapa,
C.P. 09880, Ciudad de México.